**Rolf Ulrici**

# Diane wird Schützenkönigin

Ein Schützenfest im Dorf! Das lassen sich Diane aus dem Försterhaus und ihre Freundin Sabine nicht entgehen.

Diane gewinnt tatsächlich den ersten Preis beim Bogenschießen! Und kommt ins Fernsehen! Sabine feiert dagegen Erfolge auf der Tanzfläche, und beide kommen zur rechten Zeit als Verteidiger bei einem strengen Jagdgericht ...

2. Band der DIANE-Serie

ROLF ULRICI

# Diane
## wird Schützenkönigin

W. FISCHER-VERLAG · GÖTTINGEN

Illustriert von Erica Hempel

CIP-Kurztitelaufnahme der Deutschen Bibliothek
**Ulrici, Rolf**
Diane wird Schützenkönigin. —
Neuausg. — 1. Aufl. — Göttingen : Fischer, 1979.
(Göttinger Fischer-Buch)
ISBN 3-439-79705-8

Neuausgabe 1979: 10 000


Gesamtherstellung: Fischer-Offset-Druck, Göttingen

# Inhalt

## Ferien in Aussicht!

Jeden Tag, wenn Diane Bruck mit ihrer Freundin Sabine aus der Schule kam, war ihre erste Frage: „Ist Post da?“ Und Sabines Mutter lächelte erleichtert, wenn sie ihr tatsächlich einen Brief oder eine Karte aus Eichenforst überreichen konnte. Denn Diane hatte immer ein bißchen Heimweh, obwohl sie doch nach den großen Ferien bei Sabine und ihrer Mutter wohnte und sich dort richtig zu Hause fühlte.

Seit Sabine die großen Ferien mit Diane zusammen in Eichenforst verlebt hatte, hatten sie wenigstens gemeinsame Erinnerungen; wie großartig die Försterei mit allen Nebengebäuden am Berghang lag, fast wie ein stolzer Gutshof mitten im Walde — wie herrlich die weiten Spaziergänge auf schmalen Jägerpfaden oder über steile Hänge, an verwunschenen Waldseen vorbei oder quer durchs Tannendickicht und Unterholz gewesen waren.

Sie konnten an das fröhliche Leben auf Eichenforst denken, an Dianes Eltern, die Brüder Tom und Ulrich, den Onkel Professor (Dianes alten Lehrer, der gleichzeitig Sabines Großonkel war) und an alles andere: an die vergnügte, quicklebendige Haushälterin, die stets mit dem Spitznamen Kuller-Bertel angeredet wurde — den Haumeister Buchmann, einen gutmütigen Brummbären, und den jungen Forstassistenten Prinz Kuckuck, an die Freunde und Bekannten ringsum, nicht zuletzt aber an die drei Hunde Harras, Wacker und Rauhbautz!

Ach ja, Eichenforst war ein wunderbares Zuhause, und Sabine begriff sehr gut, daß Diane sich in der Stadt immer ein bißchen fremd fühlte, auch wenn sie es so gut hatte wie hier. Aber weil sie ja schließlich das Abitur machen wollte, mußte sie die Schule in der Stadt besuchen.

Ende September traf eine Karte von Dianes Freundinnen Marion und Christel ein:

„Liebe Diane! Kommst du zur Kirchweih und zum Schützenfest nicht nach Hause? Denk mal: Fünfzigjähriges Bestehen des Schützenvereins! Deshalb dauert das Fest auch zwei volle Tage!"

„Am dritten Sonntag nach Michaelis ist bei uns Kirchweih", berichtete Diane, als sie Sabine die Karte zum Lesen gab. „Wir hatten doch verabredet, daß wir dann heimfahren, nicht wahr?"

Auch Frau Bruck erinnerte in ihrem nächsten Brief aus Eichenforst an das Fest und lud die Freundinnen dazu ein.

„Es ist nur schade, daß ihr nicht bis Montag hierbleiben und das Fest auskosten könnt", schrieb sie am Schluß. „Dann ist ja immer das Preisschießen. Und in diesem Jahr bekommen wir viel Besuch. Der Herr Ministerpräsident hat sich angesagt, ebenso der Landrat und ein paar andere Herren, weil am nächsten Tag die Gesellschaftsjagd stattfindet. Aber die Schule geht natürlich vor."

„Natürlich?" Diane fand es gar nicht so natürlich. Sie wäre nur zu gern wenigstens bis Montag geblieben. Gab es denn da gar keine Möglichkeit?

Unverhofft geschah ein Wunder, und dieses Wunder hieß: „Welterzieherkonferenz". Lehrer aus vielen Ländern würden zu verschiedenen Besprechungen in die Landeshauptstadt kommen; für Montag und Dienstag war eine Veranstaltung im Stadion angesetzt — und so gab es deshalb gleich zweimal hintereinander schulfrei. Ausgerechnet an den beiden Tagen, die der Kirchweih daheim in Eichenforst folgten!

Diane konnte ihr Glück kaum fassen, als die Klassenlehrerin diese Überraschung verkündete. Dann aber jubelte sie: „Sabine, hast du's begriffen? Wir können zum Schützenfest in Eichenforst bleiben!"

Am Sonnabend hatten sie nur bis elf Uhr Unterricht, und fünfundzwanzig Minuten danach ging bereits ein günstiger Zug.

Sabines Mutter wartete schon am Schulportal, um die Schultaschen gegen zwei Koffer auszutauschen.

Eine gute Stunde später standen die beiden Freundinnen auf dem kleinen Dorfbahnhof Buchholz und fragten den Stationsleiter, ob nicht vielleicht ein Wagen von Eichenforst käme.

„Das weiß ich nicht", antwortete der Bahnbeamte. „Man erwartet dort ja wohl allerhand hohe Herren. Aber die werden sicher mit ihren Autos kommen. Ein Forsthauswagen müßte ja noch frei sein. Stellt eure Koffer nur ruhig in meine Bude. Einer von Dianes Brüdern kann sie ja dann holen."

Ledig aller Last wanderten die Freundinnen bergan. „Weißt du noch, wie du damals auf unserem ersten Gang vom Bahnhof gestöhnt hast?" fragte Diane, als sie von der Straße ab- und in einen schmalen, steilen Waldweg einbogen.

„O ja!" Sabine hatte seinerzeit die Stirn voller Schweißperlen gehabt und tüchtig gemault. Später war sie diesen Weg oft gegangen, und er war ihr jedesmal kürzer erschienen. Und heute hüpfte ihr Herz vor Freude, daß sie wieder über die teils ausgewaschenen, teils zum Weg ausgehauenen Felsstücke aus rotem Sandstein gehen durfte, über denen von beiden Seiten die Büsche fast zusammenschlugen. Die leuchteten jetzt in bunten Herbstfarben: goldgelbe Blätter, rote Früchte vom wilden Schneeball und schwarzblaue vom Liguster.

Das Gras am Wegrand war trocken und gelb. Hier und da stand eine einzelne Flockenblume oder eine gelbe Bocksbartblüte dazwischen. Das Heidekraut, das an ein paar Stellen kräftig wucherte, war längst verblüht ...

Ab und zu segelte ein langer, feiner, weißer Faden durch die Luft und ihnen ins Gesicht.

„Altweibersommer!" erklärte Diane. „Eigentlich sind's Spinnengewebe, die mit winzigen Spinnchen am Fadenende durch die Luft reisen."

Sie hatten schon fast die Stelle erreicht, von der aus Eichenforst zu sehen war. Da saß jemand auf der Bank, die der Haumeister im letzten Jahr dort aufgestellt hatte.

„Onkel Professor!" Diane mit ihren scharfen Augen hatte ihn zuerst erkannt. Er schwenkte lebhaft seinen Hut.

„Nun, ihr zwei?" empfing er sie lächelnd. „Da haben wir euch wieder! Sabine, wie geht es der Mutti?"

„Danke, Onkel Professor." — Sabine redete den alten Herrn genauso an, wie die Försterkinder es taten. „Sie läßt dich sehr herzlich grüßen!"

„Das nächste Mal soll sie mitkommen", sagte er. „Ich habe mit Frau Bruck schon alles besprochen. Wir wollen gemeinsam Weihnachten und Neujahr feiern!"

Die Freundinnen hatten sich für ein paar Minuten zu ihm auf die Bank gesetzt, um zu verschnaufen. Aber nun drängte Diane:

„Keine Müdigkeit! Kommt, ich will heim!"

Lachend standen sie auf und gingen die kurze Strecke zum Forsthaus.

Dort schien alles wie ausgestorben.

„Jeder einzelne ist auf seine Weise bei den Vorbereitungen für die Feiertage", erklärte der alte Herr. „Ich bin euch deshalb entgegengegangen."

Aber die Ankunft der Mädchen blieb nicht ganz unbemerkt. Der kleine Dackel Rauhbautz, Dianes Liebling unter den Hunden, stob plötzlich um die Ecke.

Er raste auf Diane zu, sprang mit hechelnder Zunge immer wieder an ihr hoch und konnte sich kaum beruhigen. Als seine erste Begrüßungsfreude verebbt war, wandte er sich Sabine zu, wenn auch etwas weniger stürmisch. Durch das Gebell waren schließlich die Menschen aufmerksam geworden. Plötzlich erschienen Dianes Brüder Tom und Ulrich.

„Ihr seid auch schon da?" fragte Diane enttäuscht.

„Ja, Schwesterherz, seit zwei Stunden! Und um dich ganz aus der Fassung zu bringen, höre und staune: Wir können bis Dienstagabend bleiben. Unsere Herren Pauker waren so rücksichtsvoll, uns wegen der Welterzieherkonferenz zwei Tage frei zu geben. Platzt du vor Neid?"

„Hach, so rücksichtsvoll sind unsere Lehrer auch!" rief Sabine. Und Diane fügte hinzu:

„Wir wollten nur nicht gleich damit prahlen, falls ihr weniger Glück gehabt hättet. Wir sind eben feinfühlig."

Uijeh — das schönste Geplänkel war sofort wieder im Gang, und damit fühlten die Freundinnen sich erst richtig wohl in Eichenforst.

Im Haus war alles bienenfleißig. Aus dem Dorf waren Frau Herrmann und ihre Enkelin Lisbeth erschienen, die sonst nur am Freitag unter Kuller-Bertels Kommando schrubbten und wischten. Es galt ja, alle verfügbaren Räume herzurichten, Betten zu beziehen, so viel wie möglich vorzukochen — kurz: Arbeit in Hülle und Fülle wartete auf jeden. Die Freundinnen bekamen es bald zu spüren.

Zwar setzte Kuller-Bertel ihnen eine kräftige Gemüsesuppe und als Nachtisch eine leckere Reisspeise vor. Dann aber hieß es zupacken.

„Ihr werdet ausquartiert", verkündete Bertel. „Ins Bügelzimmer! Bringt die Luftmatratzen dorthin. Waschen könnt ihr euch im Bad. Die Jungen müssen unters Dach ziehen. Stellt ihnen Waschschüsseln und Kannen bereit."

Kuller-Bertel war wieder mal in Feldherrnstimmung. Freilich ging ihre Befehlsgewalt nicht über die Türschwelle hinaus. Draußen war der Forstmeister Herr über das ganze Revier.

Diane und Sabine konnten Bertel noch eben entwischen, um alle und alles zu begrüßen. Dabei sahen sie, welche Vorbereitungen schon für die Jagd getroffen worden waren.

Über die Nachricht, daß die Mädchen auch bis Dienstagabend bleiben konnten, freute sich jeder herzlich, am deutlichsten Haumeister Buchmann.

„Mädchen, Diane!" rief er begeistert. „Da kannst du ja am Montag beim großen Bogenschießen mitmachen!"

Bogenschießen? Das war hier neu — bis dahin war immer nur von den Mitgliedern des Schützenvereins der Gemeinden Buchholz (zu der Eichenforst gehörte), Haidhausen und Neudorf mit Gewehren auf die Scheibe geschossen worden. Diese Scheibe wurde dann gewöhnlich an der Ruine jenes Kirchturmes aufgestellt, der als Überbleibsel eines Dorfes am Waldrand stand. Das Dorf war wohl in einem Krieg verbrannt und verwüstet worden. Dort also fand jedes Jahr das Schießen statt, und für Diane und ihre Brüder war es immer ziemlich aufregend gewesen, der Sache beizuwohnen und zu wetten, wer wohl Schützenkönig werden würde. Nach jedem Schuß holte der Auswerter, der gut geschützt unter der Ruine in einem Loch hockte, die Scheibe herunter, schob einen Stock mit dem Ergebnis des Schusses hinaus und danach wieder die Scheibe für den nächsten Schützen.

Doch mit dem Bogen hatte bisher niemand geschossen!

„Ein paar Burschen haben neuerdings Gefallen daran gefunden", berichtete der Haumeister. Es war zu merken, daß ihn das sehr freute. „Keine üble Sache! Ich habe ein paarmal zugeschaut und ihnen auch schon ein paar Tips gegeben. Beteilige dich, Mädchen. Hab ich dir nicht einst den ersten Flitzbogen geschnitzt und dir das Zielen und Treffen beigebracht? He! Diane heißt du — wie die Göttin der Jagd! Mach deinem Namen Ehre! Sag ja!"

Diane lachte, sie nahm die Aufforderung nicht ernst.

## Frau Brucks Kostüm

„Ihr könnt nachher mal ins Dorf hinuntergehen und mein grünes Kostüm von der Reinigung holen", sagte Frau Bruck am Nachmittag zu den Mädchen. „Ich habe es über all der Arbeit vergessen."

„Kann Tom das nicht mit dem Wagen machen?" fragte Diane. „Er könnte dann auch gleich unsere Koffer vom Bahnhof mitbringen!"

„Euer Gepäck ist längst da, und Tom ist mit dem Vater unterwegs! Also muß ich euch schon bitten, auch wenn du keine Lust hast", bemerkte die Mutter, die ihre Tochter durchschaut hatte. „Man darf nicht immer nur an sein Vergnügen denken. Ich brauche mein Kostüm noch heute."

Dagegen gab es keinen Widerspruch ... Eine Viertelstunde später stiegen die Mädchen den Pfad hinunter, den sie erst ein paar Stunden vorher gemeinsam hinaufgewandert waren.

„Wenn wir zurückkommen, pflücke ich deiner Mutter einen schönen Strauß", sagte Sabine und wies auf ein paar langstielige violette Blüten, die an einer geschützten Stelle des Weges zwischen den Bäumen aufleuchteten.

„Na, dafür würde sich Mutti wohl schön bedanken", meinte Diane lachend. „Das ist nämlich Fingerhut, und der ist mächtig giftig, kann ich dir sagen."

„Ach, jetzt weiß ich: Das Gift wird für eine Medizin verwendet, die man herzkranken Leuten gibt", sagte Sabine. „Eine Freundin von meiner Mutter muß die immer einnehmen. Ich habe bloß nicht gewußt, daß sie von einer so schönen Blume stammt."

„Ja, und eigentlich sonderbar, daß sie jetzt noch blüht! Der Fingerhut ist doch eine richtige Sommerblume – überhaupt, man könnte glauben, manche Pflanzen hätten wieder zu blühen angefangen!"

Als sie im Dorf angelangt waren, ging Diane geradewegs auf den Einkaufsladen zu.

„Ich denke, wir wollen zur Reinigung", sagte Sabine.

„So was haben wir im Dorf noch nicht, nur eine Annahmestelle, und die ist hier", erklärte ihr die Freundin, bevor sie den Laden betraten.

Sabine schüttelte den Kopf. Nun war sie die ganzen Sommerferien über auf Eichenforst gewesen, aber sie erfuhr immer wieder etwas Neues.

Frau Patzke, die Ladenbesitzerin, bediente gerade eine Kundin, deshalb wandte sich Diane an den jungen Lehrling, der den Eindruck eines Zwölfjährigen machte und jedesmal, wenn er angeredet wurde, bis zu den Haarwurzeln errötete.

„Über den könnte ich mich immer schieflachen", hatte Diane der Freundin zuflüstern wollen, sobald der Junge mit dem Abholschein auf die Suche gegangen wäre. Aber dazu mußte sie den Schein erst einmal haben!

Verzweifelt durchforschte sie ihr Handtäschchen nach dem wichtigen Zettel . . .

„Das verstehe ich nicht", murmelte sie bestürzt. „Dabei weiß ich genau, daß ich ihn eingesteckt habe!"

Doch alles Suchen und Kramen war umsonst – der Zettel kam nicht zum Vorschein. Trotz seiner Schüchternheit wußte der kleine Lehrling sich zu helfen.

„Komm nur mit und such dir das Kostüm selber heraus", sagte er wichtig.

Er führte die Mädchen in einen schmalen Nebenraum des Ladens.

Hier befand sich ein Wandgarderobenhalter, an dem eine Anzahl von gereinigten Mänteln, Kostümen und Kleidern aufgereiht war. Doch wie eifrig Diane auch die Bügel der einzelnen Bekleidungsstücke hin- und herschieben mochte, das Kostüm ihrer Mutter befand sich nicht darunter.

„Demnach ist es noch gar nicht fertig!" sagte sie stirnrunzelnd.

„Doch, doch, ganz bestimmt! Ich hab ja gehört, wie die Chefin vorhin mit deiner Mutter telefoniert hat", beteuerte der Junge über und über errötend. „Willst du nicht noch mal genau nachsehen?"

„Na hör mal, ich werde doch das Kostüm von meiner Mutter erkennen!" wies Diane ihn empört zurecht. Dann wandte sie sich an Sabine: „Oder siehst du hier etwas Dunkelgrünes mit schwarzem Samtkragen?!"

Nein, auch Sabine konnte beim besten Willen kein solches Kleidungsstück entdecken.

In diesem Augenblick erschien die Ladenbesitzerin.

„Ach, da ist ja die Diane aus dem Försterhaus", sagte sie überrascht. „Ich wußte gar nicht, daß du schon da bist! Deine Mutter hat vorhin angerufen, weil du den Abholschein zu Hause vergessen hast . . ." Dann aber blickte sie kopfschüttelnd zu ihrem Lehrling hinüber: „Nun möchte ich bloß wissen, was du hier suchst, Emil — das Kostüm von Frau Bruck liegt seit einer halben Stunde eingepackt neben der Kasse. Zwanzigmal bist du daran vorbeigelaufen! Hast mal wieder Tomaten auf den Augen gehabt, was?"

„Ist der kleine Lehrling nicht zum Quietschen?" prustete Diane, als sie sich auf den Heimweg machten.

„Ja, wirklich", stimmte Sabine ihr lachend bei. Doch nach einer Weile meinte sie nachdenklich: „Hast du gesehen, wie ihm die Hände zitterten, als er dir das Paket mit dem Kostüm überreichte?"

„Na, und ob!" Diane lachte. „Das mußt du nicht so tragisch nehmen, das gibt sich nämlich mit der Zeit! Wir hatten früher mal einen Forstassistenten, der genau so schüchtern war, wenigstens anfangs. Später wurde er ganz schön frech, kann ich dir sagen! Bedaure lieber mich, weil ich das Kostüm nach Hause schleppen muß, ohne es zerdrücken zu dürfen!" Übermütig balancierte sie das Paket auf dem ausgestreckten Arm und den gespreizten Fingern hoch über ihrem Kopf.

„Gib her, ich nehm dir's eine Weile ab!" erbot sich Sabine und wollte danach greifen.

Keine von beiden wußte nachher genau zu sagen, wie es geschehen war. Erst als das Paket auf dem Boden aufschlug, das weiße Papier zerplatzte, ein mausgrauer Wollstoff zum Vorschein kam und die Köpfe der Mädchen über dem Ganzen zusammenstießen — erst von da ab konnten sie sich einig werden: hieran war weder die eine noch die andere schuld, daß nämlich „Frau Brucks" Kostüm sich als etwas ganz anderes entpuppte ...

„Aber das ist doch — ist doch ...", stöhnte Sabine.

„Ein Herrenanzug! Ein Her-ren-an-zug!" Diane hielt die mausgraue Jacke in die Höhe, Sabine starrte auf die in den Papierfetzen liegende Hose.

Und auf einmal kreischten die Mädchen gleichzeitig los. Sie saßen, das Paket zwischen sich, auf dem Wege und lachten und lachten, bis sie vor Erschöpfung nicht mehr konnten.

Dann aber dachte Diane an die Folgen der Verwechslung.

„So eine Gemeinheit", japste sie und wischte sich die Lachtränen aus den Augen. „Jetzt müssen wir den ganzen

Weg zurücklaufen, um den albernen Anzug abzugeben und dafür Muttis Kostüm einzutauschen. Dieser Emil ist doch wirklich ein — ein Schlemihl!" Ein schlimmerer Ausdruck fiel ihr nicht ein.

Als sie auch darüber gelacht hatten, blieb ihnen wirklich nichts anderes übrig, als den Anzug notdürftig in die Reste des Papiers zu wickeln und wieder dahin zu tragen, wo sie eben hergekommen waren. Diesmal trug Sabine das Paket.

„Sieh mal, Diane", sagte sie plötzlich, „hier kann man noch genau erkennen, daß mit dem Kugelschreiber das Wort ‚Forsthaus' draufgeschrieben steht. Der arme Emil scheint also gar nicht der Übeltäter gewesen zu sein." Sie blieb stehen, um es Diane zu zeigen.

„Ja, komisch", stellte die Freundin nun auch fest. „Das ist nie und nimmer Emils Krakelschrift. Da sieht man mal wieder: Immer hat man zuerst die Lehrlinge im Verdacht."

„Das hat sich eben angehört, wie wenn du selbst eine Meisterin mit einem Dutzend Lehrlingen wärest", prustete Sabine los. Aber gleich darauf kam ihr etwas in den Sinn, das weniger zum Lachen war. „Was sagen wir bloß zu Frau Patzke, was mit dem Paket passiert ist, wenn wir es so zerfetzt abgeben?" fragte sie besorgt.

„Ja, was sagen wir bloß?"

„Können wir nicht einfach erzählen, ein Hund hätte uns angefallen und uns zu Boden gerissen, wobei das Paket . . ."

„Auf keinen Fall!" wurde sie von Diane unterbrochen. „So etwas spricht sich wie ein Lauffeuer herum und käme womöglich Vati zu Ohren. Der würde der Sache sofort nachgehen. Es könnte sich ja um einen Fall von Tollwut handeln, verstehst du? Und am Ende käme die ganze Lügengeschichte ans Tageslicht."

„Da hast du recht", sagte Sabine kleinlaut.

„Wir machen es anders", entschied Diane. „Ich werde die Sache schon deichseln."

Nun, im Grunde gab es wenig zu „deichseln".

Als sie den Laden betreten hatten, warf Diane das Paket mit einem kühnen Schwung auf den Kassentisch und fragte:

„Was haben Sie uns da bloß mitgegeben, Frau Patzke? Das ist doch nie und nimmer das Kostüm meiner Mutter!"

Frau Patzke hatte den Irrtum inzwischen schon bemerkt und in der Försterei angerufen.

„Hoffentlich wart ihr noch nicht allzu weit", sagte sie und überreichte Diane das schon bereitliegende, unversehrte Paket mit dem Kostüm. Zu Sabine gewandt, fügte sie hinzu: „Den Anzug packe ich noch einmal ordentlich ein, den nimmst du dann wohl, nicht wahr?"

„Ist das denn ein Anzug von uns?" erkundigte sich Diane erstaunt.

„Ja, der gehört dem Herrn Forstmeister", erklärte Frau Patzke. „Deine Mutter meinte, weil ihr nun schon einmal hier seid . . ."

„Zweimal", sagte Diane düster. „Wir sind zum zweitenmal hier, Frau Patzke . . ."

„. . . könntet ihr den Anzug gleich mitnehmen", vollendete Frau Patzke unbeirrt ihren Satz, während sie die mißhandelten Kleidungsstücke wieder in blütenweißes Papier einschlug.

## Die Ruhe vor dem Sturm

Mit dem Strauß für Dianes Mutter wurde es auf dem Heimweg nichts. Beide Mädchen trachteten nur danach, die Pakete unversehrt nach Hause zu bringen.

Es dämmerte bereits, als sie Eichenforst erreichten. Frau Herrmann und Lisbeth kamen gerade aus der Tür. Die große Reinemacheschlacht schien also schon geschlagen . . .

Befriedigt hängte Frau Bruck das Kostüm in den Schrank. Dabei fiel ihr etwas ein.

„So, ihr Mädchen, nun packt erst einmal eure Koffer aus. Ihr wollt doch nicht in zerknüllten Kleidern herumlaufen oder gar tanzen, nicht wahr?"

„Mutti!" schrie Diane entzückt auf. „Heißt das, wir dürfen Montag auf den Schützenball? Wirklich — da freue ich mich gleich noch mal so sehr!"

Sie zog Sabine mit hinüber in das Bügelzimmer, und beide stürzten sich auf die Koffer.

Nun, die Sachen waren wohlbehalten angekommen, Sabines Mutter hatte sie sorgsam eingepackt. Aber immerhin! Sie mußten ein bißchen aushängen.

„Wenn wir sie auf Kleiderbügel tun und für die Nacht in der Veranda lassen, sind sie morgen wieder ganz glatt", versicherte Diane.

Gegen sechs schien die meiste Arbeit getan zu sein — wenigstens für diesen Tag.

Die ganze Familie traf sich zum erstenmal vollzählig am Abendbrottisch. Bertel hatte es tatsächlich geschafft, jedem einzelnen gerecht zu werden. Es gab Eierkuchen, dazu eingemachte grüne Stachelbeeren für die Mädchen und Johannisbeergelee für Ulrich — für die anderen dagegen Fleischklößchen mit Kapernsoße, ein Leibgericht von Tom. Er bewältigte denn auch eine solche Menge davon, daß seine Mutter ein paarmal besorgt zu ihm hinübersah.

„Junge, wirst du nach dieser Riesenportion schlafen können?!"

„Tom bestimmt", versicherte Ulrich. „Vermutlich werde ich der Leidtragende dabei sein. Ein Mensch mit einem überladenen Magen veranstaltet meist ein Schnarchkonzert."

„Na, das überstehst du bestimmt — vielmehr: verschläfst es", meinte der Professor trocken.

Alle lachten, denn Ulrich war als Schlafmütze bekannt, so daß man ihn nur mit großer Mühe oder einem nassen Schwamm aus den Federn holen konnte.

„Wer kommt denn eigentlich alles zur Jagd?" erkundigte sich Sabine neugierig.

Herr Bruck zündete sich seine Pfeife an. Er zwinkerte: „Zur Herbstjagd? Nun, wer soll da schon kommen? Zur Jagd gehören Tiere, zur Herbstjagd sogar große Tiere, auf alle Fälle, was die Jäger betrifft. Da wird der Herr Ministerpräsident kommen, sobald er in der Stadt auf der Welterzieherkonferenz gesprochen hat. . ."

Nun fragten die Jungen, welche anderen Gäste erwartet würden, wie es mit den Hirschen im Revier stünde, und wann man am Dienstag zur Jagd aufbrechen wollte . . .

Gemächlich berichtete der Forstmeister:

„Daß der Forstrat kommt, wißt ihr ja. Diesmal schießt er keinen Hirsch. Er hat zugunsten des Herrn Ministerpräsidenten verzichtet. Wie steht es, Tom, willst du Montag abend zur Jagdkanzel oberhalb vom Hirschgrund gehen? Ich gehe nach der anderen Seite hinüber, Richtung Buschmühle, ob ich dort den Zwölfender ausmache."

„Prima!" Tom strahlte. „Darf ich auch mit auf die Hirschjagd?"

„Wohl kaum. Du hast wohl vergessen, daß am gleichen Morgen die anderen Jagdgäste losziehen: der Amtsrichter, der Landrat, der Doktor, der Bürgermeister — na ja, und wer sonst noch kommt. Die müssen zur Hühnerjagd."

„Hühnerjagd? Bißchen spät für die Jahreszeit", meinte Diane.

„Neunmalkluges Kind!" Der Vater schmunzelte. „Nun ja, Hühner werden schon seit Anfang September geschossen. Doch insofern hast du recht: Wir haben gewartet, weil unser Landrat zum fünfzigjährigen Jubiläum des Schützenvereins eingeladen wurde und bei dieser Gelegenheit auf die Jagd gehen wollte — auf Entenjagd eigentlich. Wenn er auch Rebhühner und Fasanen erwischt, um so besser! Er bringt noch einen Bekannten mit.

Prinz Kuckuck wird die Herren begleiten. Und unser lieber Forstrat erscheint schon einen Tag früher als die anderen bei uns, zum Mittagessen."

„Habt ihr etwa wieder Büchsenpilze für ihn?" fragte Sabine verschmitzt.

Alle lachten bei der Erinnerung an die vorige Mahlzeit, die dem Forstrat angerichtet worden war: Pilze aus der Büchse hatte man holen müssen, weil ein allzu hilfsbereiter Gast ihnen bittere Gallenröhrlinge anstelle der verheißenen Steinpilze angeschleppt hatte — Kuller-Bertel hatte diese Schande lange nicht verwinden können.

„Eigentlich hättet ihr auch Herrn Steiger einladen können", sagte Diane.

Herr Steiger war Student und eben jener „Unglückspilz" mit den Gallenröhrlingen. Er hatte eine Weile auf Eichenforst gewohnt, und alle hatten ihn gerngehabt.

„Er kommt", antwortete Frau Bruck. „Wir haben ihm schon sein altes Zimmer hergerichtet."

„Und wißt ihr, wer ihn eingeladen hat?" fragte Professor Wittig. „Ihr werdet es wahrscheinlich nicht erraten: Kuller-Bertel."

„Doch, Onkel Professor!" Ulrich lachte. „Er ist Bertels heimliche Liebe. Das habe ich bei unserem Abschiedsfest im Sommer festgestellt."

„Na klar, weil der Student ein nettes Gedicht auf sie gemacht hat!" Diane lachte. „Wenn man ihre Kochkünste lobt, ist sie doch selig!"

„Ich glaube, auch ohne das Gedicht wäre Kuller-Bertel dahintergekommen, daß der junge Herr Steiger das Herz auf dem rechten Fleck hat", sagte Frau Bruck und lächelte.

Wie sollte sie die gute Bertel nicht kennen, die so viele Jahre schon bei ihr war . . .

Plötzlich zuckte Sabine zusammen. Vom Wald her klang durchs offene Fenster ein unheimlicher Laut — war es ein Brüllen, ein Schreien?

Auch die anderen horchten auf.

Die Hirsche röhrten!

„Holt eure Mäntel!" sagte Herr Bruck zu den Mädchen. „Wir gehen noch ein Stück dem Wald zu. — Ist es dir recht?" fragte er die Mutter.

Frau Bruck nickte, und bald darauf zog die Gesellschaft zusammen mit dem Onkel Professor los, über die Wiese hinter dem Anwesen, dann am Rande der hohen Fichten vorbei und zur breiten Felsplatte auf den Heuberg. Dort stand eine Blockhütte, in der Holzarbeiter, Waldhüter oder Jagdgehilfen manchmal übernachteten. Heute saß August Kannegießer, der älteste Waldhüter, auf der Bank vor der Hütte und hatte auf dem rohgezimmerten Tisch daneben eine halbgeleerte Bierflasche stehen.

„Ach der Herr Forstmeister", grüßte er. „Wollen wohl dem Gewitter dort hinten lauschen? Ja, heute sind sie ordentlich zu Gange. Kein Wunder: es ist eine mondhelle, kühle Nacht . . ."

Sie hockten sich auf die Bank und auf einen Bretterstapel. Immer wieder schallte wie dunkles Orgeln das mächtige Rufen vom Tal herüber.

„Tatsächlich — sie stehen beim Hirschgrund!" murmelte der Forstmeister, als es wieder „Hrrröööhhh" heraufklang . . .

„Von diesem Röhren der Hirsche wird so viel geredet und geschrieben", sagte Sabine nachdenklich, als sie nach kurzem Abschied vom Waldhüter heimgingen. „Aber wenn man es selber hört, ist es völlig anders, als man es sich vorstellte. Kämpfen die Hirsche nun jedesmal miteinander?"

„Das Röhren ist die Herausforderung an einen anderen Hirsch", erklärte ihr der Onkel. „Bis dahin sind die Hirsche meist zusammen durchs Revier gezogen, haben sich aber in der Brunftzeit voneinander abgesondert und sind den Rudeln der Hirschkühe nachgewandert. Ein starker Hirsch treibt die Kühe zusammen und will sich als Herr des Rudels behaupten.

Aber die anderen kräftigen Hirsche versuchen, ihm seinen Rang als Platzhirsch, als Herrscher im Revier, streitig zu machen, und fordern ihn eben durch dieses Röhren zum Kampf heraus.

Wenn zwei gleich starke Hirsche dabei aufeinandertreffen, gibt es meist einen Kampf auf Leben und Tod. Wie oft schon ist einer von ihnen auf der Strecke geblieben, wenn der Gegner ihn zu schwer verwundet hatte! Geht es für den Verlierer nicht so schlimm aus, so muß er sich doch irgendwo ins Dickicht zurückziehen."

„Hin und wieder kommt es sogar vor, daß sich die kämpfenden Hirsche gegenseitig derart mit den Geweihen verhaken, daß sie nicht mehr auseinanderkommen und jämmerlich verenden. Das ist für uns Jäger besonders betrüblich, weil man den Tieren ja nicht helfen kann", setzte der Forstmeister hinzu. „Aber wie diese Kämpfe auch ausgehen mögen — immer sind sie von einer überwältigenden, schauerlichen Großartigkeit."

„Ja, das stimmt." Tom nickte. „Ich habe ja auch schon ein paarmal dabei zugesehen. Da stockt einem regelrecht das Blut in den Adern!"

„So, nun aber genug davon", sagte Frau Bruck, als sie plaudernd heimkamen, „sonst geistern die kämpfenden Hirsche noch in Sabines Träumen herum! Sagt gute Nacht, ihr Mädchen. Morgen könnt ihr ausschlafen."

## Sonntagmorgen auf Eichenforst

Sabine wurde wach von den vielerlei Geräuschen rings um das Forsthaus, wie sie ihr noch von den Sommerferien her vertraut waren. Das gackerte, krähte, muhte, bellte und schnatterte durcheinander!

Schlief Diane etwa noch? Nein — ihr Bett war leer. Nun aber fix aus den Federn!

Sabine warf einen Blick durchs Fenster. Nanu? Verdutzt öffnete sie den Fensterflügel und schaute in den Nebel . . .

Das konnte man wirklich kein Ferienwetter nennen! Sie erwartete, mürrische oder betrübte Gesichter am Kaffeetisch vorzufinden. Aber nichts dergleichen — alle waren vergnügt wie immer.

„Ist das nicht schade mit dem Wetter?" fragte sie.

„Wieso? Besser können wir es uns doch gar nicht wünschen!" Tom lachte über ihr verblüfftes Gesicht.

Und Herr Wittig, der Onkel Professor, erklärte ihr: „Dieser Herbstnebel wird bald fallen, und dann sollst du mal sehen, welch strahlendblauer Himmel dahinter zum Vorschein kommt. Sieh nur!" Er wies aus dem Fenster. „Dort oben lichtet er sich schon."

Nach dem Kaffeetrinken wandte sich Frau Bruck an den alten Herrn:

„Lieber Professor, ich sehe es Ihnen genauso an der Nasenspitze an wie den beiden Mädchen: Der Waldspaziergang ist fällig! Also, Kinder — holt eure Jacken und zieht los! Kuller-Bertel und ich werden uns solange ohne euch behelfen."

Das ließen sie sich nicht zweimal sagen. Zehn Minuten später stapften sie los.

„Wohin gehen wir?“ fragte Diane.

Der Onkel Professor machte ein geheimnisvolles Gesicht. „Versprecht ihr mir Stillschweigen?“

„Ehrenwort, Onkel Professor! Aber mach es nicht zu spannend. Wohin gehen wir?“

„Ein Stück zum Weißen Stein hin. Entsinnt ihr euch? In der letzten Ferienwoche sind wir mit den Jungen hingewandert.“

„Ja“, sagte Sabine. „Dort haben wir doch die Alpenblumen gefunden. Aber die blühen wohl kaum noch. Was gibt es sonst?“

„Abwarten!“ Der Professor lächelte.

War der Wald schön! Sabine konnte sich nicht satt sehen. Manche Bäume waren freilich schon kahl, und die welken Blätter raschelten, besonders wenn Diane im Übermut ein Stück vom Weg mitten ins dichte Laub hineinrannte. Vom Nixenteich, dem winzigen Gewässer gleich hinter dem Fuchsberg, wo ein paar vorwitzige Dotterblumen ganz unzeitgemäß blühten, war vor lauter goldbraunen Buchenblättern fast nichts zu sehen. Sie lagen über der dicken grünen Schicht von Wasserlinsen, die sonst die Teiche überzogen.

Ach, und die kleine Waldblöße dahinter, auf der sie vor Wochen ein totes Reh gefunden hatten — es stank fürchterlich, aber Sabine hatte vor allem aus lauter Mitleid mit dem armen, eingegangenen Geschöpf auf diesem Weg jedesmal eine Gänsehaut bekommen —, diese Waldblöße hatte nun ein völlig anderes Gesicht: Verblühtes Heidekraut, hohes dürres Gras und dazwischen verwelkte braune Farnkräuter — alles dick übersät von unendlich vielen glitzernden Tautropfen. Vielleicht war es auch

Herbstreif, der sich nachts über dieses Fleckchen gelegt hatte und nun langsam taute. Die Tropfen saßen besonders dicht in den vielen Spinnweben zwischen Gras und Farnen, die erst jetzt sichtbar wurden. Wer hatte sonst auf die feinen Gespinste geachtet?

Noch leuchteten rote Beeren auf den Ebereschen. Aber wo der Holunder wucherte, war von dessen schwarzen Beeren nichts mehr zu sehen.

„Daran haben sich die Vögel längst gütlich getan", erklärte der Professor.

Die Wanderer überquerten eine Wiese. Das hätte feuchte Füße gegeben, wären die Schuhe weniger fest gewesen. Das Gras war hier noch grün, und immer wieder guckten zarte hellviolette Blumen hervor, fast wie die Krokusse im Frühlingsgarten. „Herbstzeitlosen!" rief Diane.

An einer Lichtung hinter einer kleinen Lärchenschonung blieb der Professor stehen. Auch diese Bäume waren schon gelb, merkwürdig gelb, stellenweise fast eidotterfarben. Ein zauberhafter Anblick.

Der Professor deutete auf einen schmalen Pfad.

„Hier entlang!"

Ziemlich steil führte der Weg hinunter bis zu einem gewaltigen Felsstück. Das hatte sich aus dem übrigen Gestein ein wenig gelöst. Der Erdboden darunter war frei von Pflanzen, auch Laub war wenig hingeweht. Dafür war der Stein selbst stark bewachsen. Moos, verwitterte Pilze, kleine Kräuter überzogen ihn, und in seinen Furchen wucherten sogar ein paar Büsche.

„Unsere Bärenhöhle!" rief Diane überrascht. Und zu Sabine gewandt, fügte sie hinzu: „So haben wir den Platz unter dem Felsen früher immer genannt. Ulrich behauptete nämlich steif und fest, daß eine gewaltige Höhle unter diesem Steinbrocken liege und daß dort die letzten Bären unseres Waldes gehaust hätten. Ich habe mich manchmal ein bißchen gefürchtet. Aber einmal haben wir uns bei einem Gewitterregen hier verkrochen und haben nicht einen Tropfen abbekommen."

„Siehst du, und genau dies hat unser alter Freund Kannegießer auch einmal getan — der Waldhüter, Sabine, den wir gestern abend trafen —, und er hat dabei eine großartige Entdeckung gemacht", sagte der Professor lebhaft. „Kommt mal her!"

Er zog aus seiner Manteltasche zwei kleine Taschenlampen und gab den Mädchen die eine; die andere behielt er für sich.

„Geht vorsichtig hinter mir her! Hier — haltet euch an dem Geländer. Jetzt kommen Stufen, fünfzehn Stück, zählt mit . . ."

Mit Herzklopfen folgten ihm die Mädchen. Wohin würden sie kommen?

„. . . dreizehn, vierzehn, fünfzehn!"

Da hatten sie wieder ebenen Grund unter den Füßen.

„Nun, hier rechts entlang! Sabine, gib mir deine Hand. Und Diane, du hältst Sabine! Bleibt unbedingt in Tuchfühlung! Bückt euch! Der Gang wird niedriger!"

Etwa dreißig Schritte mußten sie machen, dann blieb Professor Wittig stehen. Er tastete nach einem einfachen Geländer, ging vorsichtig noch ein paar Schritte, zog die Mädchen heran und sagte: „Halte die Lampe nach vorn, Diane — so wie ich die meine."

Etwa drei Meter unter ihnen schillerte Wasser. Sie ließen den Lichtschein darüberhin flackern, die Wasserfläche dehnte sich weit. Und darüber und an den Seitenwänden funkelte und glitzerte es, wenn ein Lichtstrahl darüberstrich.

„Die schönste Tropfsteinhöhle!" sagte Professor Wittig. Aus seinen Worten klang ein wenig Stolz. „Keine vier Wochen ist es her, seit August Kannegießer hier entlanggekrochen ist und dabei den Gang und die Höhle entdeckt hat. Er kam ganz aufgeregt nach Eichenforst und hat uns die Geschichte geschildert. Dianes Vater und ich sind mit ihm hergegangen. Kannegießer hat aus eigenem Antrieb ganz für sich allein hier gearbeitet. Er wollte, genau wie wir, verhindern, daß vorzeitig viel Gerede entstand. Unser Fachmann aus der Kreisstadt ist noch im Urlaub. Sobald er zurück ist, bitten wir ihn her. Im Frühjahr geht es dann an die Arbeit. Sagt niemand, was ihr hier gesehen habt."

Den Mädchen hatte es wahrhaftig die Sprache verschlagen. Immer und immer wieder ließen sie den Strahl der Taschenlampen über den unterirdischen See gleiten.

„Da stimmt es also doch mit der Höhle!" sagte Diane plötzlich. „Ob es wirklich auch Bären hier gegeben hat?"

„Das wird sich zeigen, wenn wir später einmal weiter hineindringen", meinte der Professor. Er wandte sich dem Ausgang zu. „Paßt gut auf, daß ihr nicht stolpert. Ich möchte euch heil hinausbringen."

Draußen kam es den Mädchen ganz unwirklich vor, was sie da eben gesehen hatten. Es dauerte eine Weile, bevor sie wieder sprachen. Doch dann jubelte Sabine:

„Der Nebel ist weg! Wie du gesagt hast, Onkel Professor, es wird ein schöner Tag!"

Munter wanderten sie zurück. Nur wenn wieder einmal ein leergeknabberter Tannenzapfen aus der Höhe sauste, lugten sie nach oben. Die Eichhörnchen ließen es sich gut schmecken.

Als die drei Wanderer zurückkamen, klang Musik aus dem Tal herauf, ein Reitermarsch, dann ein Volkslied.

„Aha, der Schützenverein ist schon auf den Beinen", meinte der Professor. „Er verhilft diesmal der Kirchweih zu besonderem Glanz."

„Wollen wir ins Dorf?" fragte Diane und steuerte, als Sabine nickte, zum Geräteschuppen, wo die Fahrräder standen.

„Vorsichtig fahren!" rief Professor Wittig den Mädchen nach. „Daß ihr morgen tanzen könnt und nicht mit gebrochenen Knochen festliegt!"

„Nein, mir langt's vom letzten Mal", antwortete Diane lachend.

## Etwas ist gebrochen — aber was?

Die Ortschaft Buchholz war wunderschön geschmückt. Schon am Vorabend hatte jeder vor seinem Hof eifrig gekehrt und aufgeräumt, wie es sonst nur vor hohen Feiertagen geschah. An Mauern und Hauseingängen prangten ganze Fässer und Kübel voll Dahlien, Gladiolen und Astern in allen Farben, die der Herbst dem Land vor dem großen Winterschlaf noch schenkte. Gebinde aus Tannengrün oder Herbstlaub und Früchten lagen auf Zäunen und Simsen. Fahnen flatterten lustig aus den Bodenfenstern und Giebeln. Und schon standen Kerzen und Laternen für die abendliche Festbeleuchtung bereit.

Am einladendsten war der feine Duft nach frisch gebackenem Kuchen, der noch in der Luft lag. Jede Hausfrau setzte ihren Stolz darein, für ihre Familie und für die Gäste Leckereien bereitzuhalten . . .

Mädchen in schicken Kleidern und Jungen in flotten Anzügen huschten eilig über die Straße zur Gemeindewiese, wo zwischen Buden und ein paar kleinen Karussells die Musikkapelle ein Morgenständchen gab.

Fröhliche Feststimmung durchzog den ganzen Ort — sehr ansteckend, wie die Freundinnen merkten, denn sie selber wurden immer vergnügter. Sie winkten Christel und Marion zu, die vor dem Bachbauernhof standen.

Christels Vater war der Hauptmann der Schützengilde. Er stand mit Ehrenkette und federgeschmücktem Jägerhut in vorderster Reihe und grüßte lachend zu Diane hinüber, so daß viele Köpfe sich umwandten.

Marion und Christel drängten sich durch die Menge zu den Freundinnen hinüber. Sie hatten noch keine drei Sätze miteinander gesprochen, als sie von Tom aufgespürt wurden. Die Mutter hatte ihn mit dem Auto ins Dorf geschickt, um Diane und Sabine zu holen.

„Bringt die Räder zum Bachbauernhof! Und dann los — in den Wagen mit euch!" drängte er die beiden.

In Eichenforst rief die Mutter ihnen schon entgegen: „Schnell, Kinder, ihr müßt jetzt mit zupacken! Ich hatte ja keine Ahnung, daß ihr noch ins Dorf fahren würdet. Holt Blumen aus dem Garten, soviel ihr findet. Dann geht und helft Bertel in der Küche!"

Die beiden Mädchen waren gerade dabei, ihre Riesensträuße aus den letzten Herbstblüten — Dahlien, Gladiolen, Rosen, Winterastern, ein paar verspäteten Nelken und Zinnien — in große Kübel zu stellen, da wurden Diane die Augen zugehalten.

„Loslassen! Wir haben keine Zeit!" fauchte sie ärgerlich. Aber die Hände ließen sie nicht los.

„Wer bin ich?" fragte eine verstellte Stimme.

Sabine hatte Herrn Steiger nicht gleich erkannt, der im Sommer im Forsthaus gewohnt hatte, um hier ein paar Ferienwochen zu verleben.

Zweimal riet Diane daneben — weder „Tom" noch „Ulrich" stimmte.

„Herr Steiger?" fragte sie endlich zögernd.

Sofort ließen die Hände sie los, und sie sah in das lachende Gesicht des jungen Mannes. Nun gab es ein frohes Händeschütteln zwischen ihm und den Mädchen.

„Deine Mutter und Kuller-Bertel hatte ich schon begrüßt", sagte er zu Diane. „Und nun hab ich eine Bitte an dich. Der Tisch aus meiner Kammer ist auch zum

Anrichten gebraucht worden, deshalb soll ich mir einen anderen vom Dachboden herunterholen. Würdest du mir wohl zeigen, wo der ist?"

Das war eine Unterbrechung, die den Mädchen wie gerufen kam, denn natürlich mußte auch Sabine den Dachboden kennenlernen, wozu sie bisher keine Gelegenheit gehabt hatte.

Wie die wilde Jagd ging es hinauf in den obersten Stock. Als sie vor der Bodentür angelangt waren, streckte Diane die Hand aus, um sich von Herrn Steiger den Schlüssel dazu geben zu lassen.

„Den Schlüssel?" fragte er verdutzt. „Ich dachte, die Tür wäre offen!"

Die Mädchen wollten sich ausschütten vor Lachen, als er – immer zwei Stufen auf einmal – die Treppe hinuntersprang.

Nach einer Minute kam er wieder heraufgestürmt, um ihnen mitzuteilen, daß er den Schlüssel die ganze Zeit in der Tasche gehabt habe.

„Den hat mir Kuller-Bertel vorhin schon gegeben", keuchte er atemlos. „Das hatte ich wahrhaftig total verschwitzt!"

„Na, Sie sind ja vielleicht ein zerstreuter Professor!" sagte Diane kichernd, und Sabine kicherte mit.

In einem Winkel des großen Bodenraumes entdeckten sie den gewünschten Tisch, den der Student sich ohne langes Federlesen mit der Platte nach oben auf den Kopf hob.

„Den brauchen Sie wohl zum Dichten?" erkundigte sich Diane, als sie alle drei, Herr Steiger voran, im Gänsemarsch die Treppe hinunterzusteigen begannen. Mit einem Ruck blieb der junge Mann stehen und wandte ihr sein erstauntes Gesicht zu.

„Woher weißt du denn, daß ich — daß ich . . ."

„Daß Sie dichten?" unterbrach ihn Diane lachend. „Ja, das möchten Sie wohl gerne wissen!"

„Von Kuller-Bertel", erklärte Sabine, die Herrn Steiger nicht länger nasführen wollte. „Sie hat uns das hübsche Gedicht gezeigt, worin Sie damals ihre Kochkunst so gelobt haben."

„Seitdem sind Sie natürlich ihr besonderer Liebling!" fügte Diane übermütig hinzu.

Mehr sollte Herr Steiger im Augenblick nicht über diesen Fall erfahren, da ihn ein anderer „Fall" weiteren Fragen entriß. Das ging so schnell, daß die Mädchen nur ein Durcheinander von Armen und Beinen — und zwar von Menschen- und Tischbeinen — die Treppe hinunterwirbeln sahen, bis der Aufprall auf dem Treppenabsatz erfolgte.

Es gab ein Donnergepolter, daß das ganze Haus zusammenlief.

Frau Bruck war die erste, die sich über den jungen Mann beugte.

„Du meine Güte! Haben Sie sich etwas getan?" fragte sie besorgt.

Ächzend erhob sich Herr Steiger und rieb sich die Knie.

„Nein, danke. Nur ein paar blaue Flecke, glaube ich." Mit einem Blick auf den beschädigten Tisch fügte er kläglich hinzu:

„Ach, sehen Sie! Das eine Bein ist zerbrochen!"

Unten, am Fuß der Treppe, hatte Kuller-Bertel schreckgelähmt nach oben gelauscht. Aufatmend hatte sie vernommen, daß weder Diane noch deren Freundin Sabine etwas zugestoßen war. Es handelte sich, wie sie hörte, um Herrn Steiger. Aber ein Bein hatte sich der arme Kerl gebrochen! Das war schrecklich genug!

Eben trat Tom, der natürlich noch nichts von dem Geschehenen ahnte, von draußen herein, wo er ein paar Gartengeräte aus dem Weg geräumt hatte.

„Schnell, Tom“, rief Bertel ihm entgegen, „ruf gleich mal in der Kreisstadt an, sie sollen einen Unfallwagen schicken! Herr Steiger hat sich ein Bein gebrochen!“

„Was denn?! Wo denn?“ stotterte Tom.

„Frag nicht lange, mein Lieber, tu, was ich dir sage!“

Kaum hatte Tom seine Unfallmeldung durchgegeben, als er auch schon hinauslief, um nach dem Verletzten zu sehen, und Bertel folgte ihm auf dem Fuße. Beide trauten ihren Augen nicht, als sie Herrn Steiger unversehrt in der Halle stehen sahen, umgeben von Frau Bruck, Ulrich, Diane und Sabine.

Und gerade hörten sie die Herrin des Hauses sagen:

„Da machen Sie sich mal keine Gedanken mehr, Herr Steiger. Das Bein läßt sich ja wieder reparieren. Die Hauptsache ist, daß Ihnen nichts passiert ist!“

Kein Wunder, daß Tom vor lauter Verblüffung eine ganze Weile brauchte, um zu begreifen, was sich in Wirklichkeit zugetragen hatte.

Kuller-Bertels Irrtum brachte noch einmal das ganze Haus in Aufruhr, diesmal aber auf eine erfreuliche Art. Und Bertel war so erleichtert über die Wendung der Sache, daß sie nichts übelnahm, sondern in das Gelächter der anderen mit einstimmte.

Schließlich gebot Frau Bruck Ruhe.

„Nun müssen wir aber weitermachen, Kinder“, sagte sie energisch, „sonst werden wir mit der Arbeit nicht fertig!“

Und zu Herrn Steiger sagte sie noch einmal ernst:

„Jedenfalls haben Sie großes Glück gehabt. Das hätte nämlich auch anders ausgehen können!“

Tom aber wurde durch die Worte seiner Mutter an seinen „blinden Alarm" erinnert. Mit einem Aufschrei rannte er zum Telefon, um die Meldung rückgängig zu machen. Ob das noch möglich war? Kurz darauf konnte er aufatmen: im letzten Augenblick war es dem Polizeimeister gelungen, den Wagen zurückzuhalten ...

Als sich die Aufregung gelegt hatte, wurde der Student von den Mädchen als Küchenhilfe gekapert. Übermäßig geschickt stellte er sich nicht dabei an. Wenn Diane die Rosinen derart langsam ausgesucht hätte, wäre ihr ein Rüffel gewiß nicht erspart geblieben. Aber was sollte man von einem Dichter verlangen?!

„Lassen Sie nur, Herr Steiger", meinte Bertel gutmütig. „Erzählen Sie lieber, wie es Ihnen inzwischen ergangen ist."

Nun, allzuviel hatte der junge Student nicht zu berichten, alles lief auf die Büffelei für sein Examen hinaus.

Während er davon sprach, wurde ringsum tüchtig geschnipselt, geschält, gerührt und gehackt. Und auf dem riesigen Herd schmurgelte der Braten und dampften die Kartoffeln. Aus dem Backofen aber roch es immer appetitlicher nach frischem Apfelkuchen ...

## Dianes Königsschuß

Am Sonntagnachmittag begann das Kirchweih-Vergnügen. Da waren am Schützenplatz draußen bei dem großen Steinbruch, dicht vor dem Wald, Zelte aufgeschlagen. Die hölzernen Gerüste dafür blieben das ganze Jahr über stehen und erinnerten alle, die vorüberkamen, immer an die beiden schönen Dorffeste — an die Kirchweih und an das Schützenfest.

Und in diesem Jahr fielen gar beide zusammen! Kein Wunder, daß alle in besonders fröhlicher Stimmung hinauszogen: Die Kinder in frisch gewaschenen Kleidern und mit strahlenden Augen, die jungen Mädchen und Burschen der Dörfer ein bißchen aufgeregt, die älteren Leute behaglich, und die Schützen voller Wichtigkeit, weil ja mindestens zwei Drittel des Festes — wie sie meinten — ihnen gehörte. Der Sonntag war in ihren Augen nur das Vorfest, da wollten sie den Budenbesitzern und den Gastwirten ruhig das Feld überlassen. Aber am Montag würde es dann richtig losgehen!

Diane und Sabine hatten versprochen, gegen drei auf den Festplatz zu kommen. Dianes Freundinnen aus dem Dorf — Christel und Marion — erwarteten sie schon.

Die vier Mädchen verzogen sich nach dem Steinbruch, weil sie dort besser schwatzen konnten. Sie waren noch nicht lange dort, da hörten sie es rufen: „Diane! Diaaane!"

Das war doch die Stimme von Haumeister Buchmann! Langsam erhob sich Diane und kletterte hinauf zum Festplatz.

„Da bist du ja endlich!" rief der Haumeister ihr entgegen. „Ich suche dich schon eine Weile."

„Was ist denn los?" erkundigte sich Diane.

„Du sollst doch beim Bogenschießen mithalten. Und der Vorstand vom Schützenverein hat beschlossen, daß dieses Preisschießen schon heute stattfindet. Morgen sind die anderen Schützen dran, dann bleibt zuwenig Zeit dafür!"

Diane hatte gerade noch Zeit, den drei Freundinnen die große Neuigkeit zuzurufen — und schon wurde sie von Herrn Buchmann zum Schießstand gezogen . . .

Die jungen Burschen waren längst versammelt. Die meisten hatten schon geschossen. Du liebe Zeit – da war ja auch der Emil aus dem Einkaufsladen – diesmal rot vor Eifer, nicht vor Verlegenheit! Und Christels Bruder zielte bereits zum zweitenmal auf die Scheibe ... Pech! Sein Schuß ging daneben ...

„Los, Diane, du bist dran! Jeder hat zwei Schuß!" rief der erste Vorsitzende. Diane zielte, traf die Scheibe gut, zielte ein zweites Mal – und traf genau ins Schwarze!

Das war noch keinem gelungen.

„Bravo!" riefen alle, und der Haumeister rieb sich die Hände und sagte: „Mensch, Mädchen, das hast du prima gemacht!"

Nach Diane folgten noch zwei Bogenschützen, aber so zielsicher wie das Mädchen waren sie nicht – im Gegenteil.

Diane war Schützenkönigin!

Wahrscheinlich hätten die jungen Leute sich geärgert, wenn ein anderes Mädchen ihnen diese Würde abgewonnen hätte, aber bei Diane sahen sie es anders an. Schon durch ihren Namen war sie ja zur kühnen Jägerin vorbestimmt, und als Försterstochter galt sie als halbe Respektsperson. Vor allem hatte sie eine nette Art.

Christels Vater, der Schützenhauptmann, hatte bei dem Preisschießen zugeschaut. Für ihn war das Bogenschießen ja nur eine Art Spielerei – ein Sport für die Jüngeren, aber immerhin, sie gehörten auch zu seinen Schützen. Jetzt streifte er Diane eine dicke Girlande aus Eichenblättern über und setzte ihr einen grünen Kranz aufs Haar.

„Die Schützenscheibe bekommst du auch", erklärte er. „Die kannst du dir neben die beiden Siegesscheiben deines Vaters an euer Haus hängen."

„Nein", sagte Diane strahlend, „die kommt an die Trotzbuche!" — Das war die dicke Buche, die vor dem Forsthaus stand.

„Nun, das ist deine Sache! Aber jetzt kommt alle hinüber ins Zelt. Wir müssen unsere Schützenkönigin hochleben lassen."

Sabine, Christel und Marion schlossen sich dem fröhlichen Zug natürlich an.

Eben war der Forstmeister auf dem Festplatz erschienen. — Er mußte sich ja trotz seiner Jagdvorbereitungen wenigstens einmal sehen lassen! Schleunigst wurde er ins Zelt gerufen, weil es da für ihn eine Überraschung gäbe. So konnte er gleich mit auf Dianes „Schützenglück" anstoßen. Und er war nicht wenig stolz auf seine Tochter, beinahe als wäre das schon die Hauptveranstaltung gewesen.

Heimlich nahm er Tom und Ulrich beiseite und gab ihnen einen Auftrag. Unbemerkt fuhren die Jungen im Geländewagen, mit dem sie und ihr Vater heruntergekommen waren, gleich wieder los. Sie nahmen Frau Buchmann mit, die Frau des Haumeisters, die ein bißchen ängstlich hinter ihnen saß, denn Tom nahm die Kurven in voller Geschwindigkeit.

In Buchholz war es Sitte, daß am Vorabend des richtigen Schützenfestes dem alten Schützenkönig, der am nächsten Tag ja dem neuen zu weichen hatte, ein Ständchen gebracht wurde. Diesmal war der Tischlermeister dieser „Vorjährige", und seine Frau war zu Hause längst damit beschäftigt, den Gästen einen kleinen Empfang vorzubereiten. Denn ohne einen fröhlichen Umtrunk für die Kapelle und die Schützenbrüder würde es natürlich nicht abgehen.

Ein Glück für die Frau des Tischlermeisters, daß der Wind von Süden kam und die Klänge vom Festplatz nicht zum Dorf hinunter, sondern am Berghang entlangtrug! Sie hätte sonst sehr bald erschrocken festgestellt, daß der Zug unterwegs, sie selber aber mit den Vorbereitungen noch nicht fertig war!

Und der Schreck wäre ganz unnötig gewesen! Wohl hatten die Schützen sich aufgestellt, und die Musik spielte das Lied vom Jäger aus Kurpfalz; doch es war noch früh am Tage — erst gegen fünf Uhr nachmittags! —, und der Zug ging nicht ins Dorf, sondern bergan nach Eichenforst! Deshalb hörte die Musik auch bald auf; so viel Puste hatten die Bläser und Pfeifer nicht, daß sie beim Hinansteigen spielen konnten. Nur die Trommler sorgten dafür, daß alle gut im Takt marschierten.

Diane ging in der ersten Reihe, gleich hinter der Kapelle. Neben ihr trugen zwei junge Burschen abwechselnd ihre Siegesscheibe.

Diane strahlte. Soviel Ehre für ein Schulmädchen! Was für ein Jammer, daß nicht die ganze Klasse da war und ihren Triumph miterlebte!

Jetzt zeigte sich, welchen Auftrag Tom und Ulrich vom Vater bekommen hatten:

Die Tische vor dem Forsthaus — eigentlich erst für die Jagderöffnung aufgestellt — waren von Bertel und Frau Buchmann in aller Eile gedeckt worden: Becher und Gläser standen bereit, ein Bierfaß war aufgebockt. Anzapfen mußte Haumeister Buchmann. Das war von alters her sein Vorrecht bei jeder Jagdgesellschaft, und heute ließ er es sich erst recht nicht nehmen. Es war ja auch sein Triumph, sein Fest, daß Diane Schützenkönigin geworden war!

Frau Bruck bot Wurstbrote an, Frau Buchmann und Bertel sorgten in der Küche für Nachschub. Wenn es nur möglich gewesen wäre, so hätte Kuller-Bertel das ganze

Volk nur mit ihren Seufzern ernährt. Die Gesellschaft da draußen war allzu unvermutet gekommen . . .

Die Kapelle hatte wieder Kraft und Puste genug und schmetterte los. Prinz Kuckuck, der wegen der Jagdvorbereitungen nicht zur Kirchweih erschienen war, hatte von Dianes Brüdern natürlich längst die große Neuigkeit erfahren. Rechtzeitig kam er mit seinem Waldhorn hinzu. Als die Kapelle schwieg, stimmte er die Weise an, die er vor Dianes und Sabines Abreise nach den Sommerferien gespielt hatte. Durch das geöffnete Fenster klang Klaviermusik dazu — dort saß der Student.

Der sonst so übermütigen Diane glänzten plötzlich die Augen. Ihr war feierlich zumute, und sie empfand, welches Glück es war, dieses schöne Zuhause zu haben, diese herzliche Freundschaft zu besitzen, die ihr heute von allen Seiten entgegenschlug — und die sie sich auch in Zukunft erhalten wollte! —, und sie empfand vor allem, wie wichtig es war, solche unvermuteten Freudentage ganz auskosten zu können . . .

Die Festgesellschaft auf dem Vorplatz prostete sich zu und geriet in immer ausgelassenere Stimmung. Auch die Musiker stärkten sich von Zeit zu Zeit; sie wurden des Spielens nicht müde.

„Komm, Diane, häng deine Scheibe selber auf!" rief Ulrich. Er hatte einen großen Haken in den Buchenstamm geschlagen, dem Eingang zum Forsthaus direkt gegenüber. So konnte Diane sie immer gleich sehen, wenn sie aus dem Haus trat!

Tom meinte: „Wir werden später ein kleines Dach darüber nageln müssen, damit die Farben nicht vom Wetter zu sehr verwaschen werden!"

Diane stieg auf die Bank, die neben der Buche gezimmert war, ließ sich die Scheibe zureichen und hängte sie an den Haken. Dann drehte sie sich um und sprang mit einem Satz hinunter, gerade als die Kapelle einen Tusch blies.

Die Schützen verabschiedeten sich und traten wieder in Reih und Glied an. Der Schützenhauptmann winkte Diane einen Gruß zu.

„Auf morgen zum richtigen Schützenball! Der erste Tanz ist für dich und unseren neuen Schützenkönig!"

Dann ging es mit fröhlichem Geschmetter bergab. Nun mochte die Tischlermeisterin ruhig hören, daß der Zug nahte: Bei ihr stand alles bereit.

Eichenforst kam nicht so bald zur Ruhe. Der Forstrat wurde ja am nächsten Mittag erwartet. Bis dahin mußte wieder Ordnung herrschen.

Alle packten an. Sogar Professor Wittig, der sich den ganzen Abend stillvergnügt im Hintergrund gehalten hatte, schleppte Gläser in die Küche. Bertel nahm sie ihm erschrocken ab: „Aber, Herr Professor, das sollen Sie doch nicht!" Für sich selber hatte sie noch einen kleinen Zusatz: Wie leicht kann er die Dinger fallen lassen, und wir brauchen doch in den nächsten Tagen alle Gläser!

„Königin" Diane, immer noch mit ihrem grünen Kranz gekrönt, spülte mit Sabine Gläser und Teller. Die Mutter und Bertel setzten ein Verzeichnis auf, wie sie am nächsten Morgen die angebrochenen Vorräte in aller Eile ergänzen konnten.

Dann wurde es endlich still im Försterhaus. Mit einem tiefen Seufzer sank Diane auf ihre Luftmatratze:

„Ach, Sabine, so einen schönen Tag hab ich noch nie erlebt!"

## Das Schützenfest

Endlich war es soweit — das Schützenfest! Diane war wie elektrisiert.

„Wir könnten mal gleich unsere Kleider rauslegen", sagte sie eifrig, „du dein hellblaues — und ich mein eierschalenfarbenes Strickkleid! Mutti mag nämlich nicht haben, daß man sich erst in letzter Minute um so was kümmert. Also komm!"

In der Diele stießen sie auf Kuller-Bertel, die über irgend etwas verärgert zu sein schien.

„Habt ihr Ulrich nicht gesehen?" fragte sie nicht gerade freundlich.

„Ulrich? Nein — was soll er denn?" erkundigte sich Diane.

„Ach, ich kann das eine Preiselbeerglas nicht aufkriegen. Dabei hab ich es schon in heißes Wasser gestellt und wer weiß was noch alles, aber nichts zu machen. Es ist wie verhext!" Und wütend stapfte Bertel in die Küche zurück.

Wie der Blitz war Diane hinter ihr her.

„Laß mich mal versuchen. Wo ist denn das Ding?!"

„Das hat überhaupt keinen Zweck! Wenn ich es nicht aufkriege, kriegst du es wohl erst recht nicht auf", knurrte Bertel und wollte sie zur Küche hinausbugsieren.

Aber Diane hatte das Glas schon entdeckt.

Trotz Kuller-Bertels Protestschreien stocherte sie mit einem Messer in dem Spalt zwischen Deckel und Glas herum — und siehe da: Sie schaffte das, womit sich Kuller-Bertel vergeblich abgemüht hatte!

Für diese „Heldentat" belohnte sie sich gleich selber. Blitzschnell fuhr sie mit dem Zeigefinger in das geöffnete Glas und steckte sich das, was sie von dem roten Kompott ergattert hatte, in den Mund, was ihr einen kräftigen Klaps von der entrüsteten Bertel eintrug ...

„Eigentlich schaffst du doch immer alles", sagte Sabine bewundernd, als sie zusammen in ihr Notquartier, das Bügelzimmer, gingen.

„Na, alles nun auch wieder nicht", wehrte Diane ab, aber sie fühlte sich doch geschmeichelt.

Im Zimmer angelangt, öffnete sie sogleich den Kleiderschrank. Dort hingen ihre beiden Sonntagskleider, ein hellblaues und ein eierschalenfarbenes, und schienen sehnsüchtig auf ihre Trägerinnen zu warten. So jedenfalls kam es Diane vor.

„Wir müssen sie ja sowieso zum Mittagessen anziehen, wegen des Forstrats", sagte sie zu Sabine. „Also könnten wir das doch gleich tun. Meinst du nicht auch?"

„Ja klar", entgegnete Sabine.

Und schon ergriff Diane das hellblaue Kleid und legte es der Freundin sorgsam über den Arm.

Es war ein wunderhübsches Kleid aus allerfeinstem Wollstoff, ein Geburtstagsgeschenk vom Onkel Professor, und Sabine war sehr, sehr stolz darauf.

Aber als sie es auf ihrer Luftmatratze ausgebreitet hatte, erstarrte sie: Der linke Ärmel des Kleides wies einen dicken Blutfleck auf ... Und schon gellte ihr Aufschrei durch das Zimmer!

Entsetzt warf Diane ihr Kleid auf einen Stuhl und stürzte zu der Freundin hin.

Sie brauchte nur einen Blick auf den Ärmel zu werfen, um von einem blassen Schauder erfaßt zu werden, so, als habe sie etwas noch Schrecklicheres entdeckt als Blut ...

„Das ist — das ist kein Blut", stammelte sie. „Das ist ein Preiselbeerfleck ... Aber wie kommt der denn dahin??"

Ein Preiselbeerfleck??

Sabine traute ihren Ohren nicht. Dann aber brach sie los:

„Das kommt von deiner dummen Nascherei! Wenn du dir wenigstens die Hände gewaschen hättest, aber nein! Mein Kleid, mein neues Kleid mußt du damit anfassen!" Sie sank neben das verdorbene Kleid und weinte.

Diane kämpfte mit den Tränen.

„Ich kann das gar nicht begreifen", murmelte sie. „Ich hab mir doch den Finger ganz sauber abgeleckt!"

„Na, wie sauber, das siehst du ja!" fuhr Sabine hoch und sah wütend zu Diane auf. „So kann ich das Kleid doch nicht anziehen!"

Urplötzlich verstummte sie, saß einen Augenblick fassungslos da und starrte auf Dianes Strickjacke.

Und dann lachte sie, lachte und lachte.

Da machte sich ein Preiselbeerfleck von der Größe eines Fünfmarkstücks auf ihrer roten Strickjacke breit!

Das also war des Rätsels Lösung: Diane hatte sich beim Naschen unbemerkt bekleckert und einen Teil davon an Sabines Ärmel abgewischt. Diane allerdings wußte nicht, ob sie darüber lachen oder weinen sollte. Aber bevor sie sich noch darüber klar werden konnte, kam schon ein Rettungsengel ins Zimmer. Es war Frau Buchmann, die Haumeisterin, und sie hatte nichts weiter im Sinn, als die Mädchen zur Ruhe zu mahnen.

„Man hört euch ja bis hinunter ins Dorf!" sagte sie kopfschüttelnd.

„Ach liebste, beste Frau Buchmann — können Sie uns nicht helfen?" wurde sie von Diane angefleht und vor das hellblaue Kleid geführt. „Wie kann man bloß den Preiselbeerfleck wieder rauskriegen!?"

Man rühmte Frau Buchmann nicht umsonst nach, eine der praktischsten Hausfrauen zu sein. „Lange darf das Kleid in diesem Zustand ohnehin nicht gelassen werden", stellte sie fest, „denn wenn der Fleck erst mal eingezogen ist, geht er so leicht nicht wieder heraus."

Sie betrachtete sich den Stoff mit großer Genauigkeit. Dann hatte sie ihren Entschluß gefaßt:

„Gebt mir das Kleid mal eben mit. Ich glaub sicher, daß ich's euch in einer halben Stunde zurückbringen kann. Ohne Fleck natürlich."

Und wirklich, in einer knappen halben Stunde erschien sie wieder, mit dem Kleid über dem Arm.

„Na, was sagt ihr nun?" fragte sie nicht ohne Stolz.

Die Mädchen stürzten hinzu, um sich die Stelle anzuschauen, wo der abscheuliche Fleck gesessen hatte. Aber es war nichts davon übriggeblieben!

Sabine fiel ihrer Retterin um den Hals, und Diane folgte ihrem Beispiel.

„Wie haben Sie das nur fertiggebracht?" rief Diane.

„Ja, so schnell — und nichts mehr zu sehen!"

„Das ist mein Geheimnis", sagte Frau Buchmann lachend. „Wenn ihr mal selber Hausfrauen seid, dann verrat ich's euch!"

Die Mädchen waren kaum mit Ankleiden fertig, als der Gong durch das Haus tönte.

„Platz nehmen zum ersten Mittagessen!" rief Ulrich ihnen durch die geschlossene Tür zu und ließ den Gong noch einmal besonders auflärmen.

„Unsinn, das kann doch noch gar nicht soweit sein", rief Diane unterdessen ihrer Freundin zu. „Ulrich will uns nur auf den Arm nehmen."

„Ist es nicht trotzdem besser, wir gehen raus?“ fragte Sabine.

Es war ein Glück, daß Diane ihren Vorschlag angenommen hatte: Eben geleitete der Forstmeister seinen Gast in das Speisezimmer, und Frau Bruck warf den dahinter eintretenden Mädchen einen strafenden Blick zu ...

In ihren hübschen, nun untadeligen Kleidern begrüßten sie den Vorgesetzten des Forstmeisters: den Herrn Forstrat. Dann setzten sie sich brav auf ihre Plätze.

Kuller-Bertels Kalbsnierenbraten mit der schmackhaften Soße schmeckte wunderbar, und der Forstrat spendete ihrer Küche wieder einmal das höchste Lob. Dennoch entging es niemand, daß er sich am meisten an den Pilzen gütlich tat, die Bertel diesmal nur als Beigabe gedacht hatte.

„Die gibt es nirgends so gut wie bei Ihnen!“ stellte er auch heute begeistert fest.

Die Mädchen warfen Herrn Steiger vielsagende Blicke zu und weideten sich an seiner Verlegenheit. Nein, diesmal hatte sich wohlweislich niemand auf diesen Pilzsammler verlassen ...

Beim Nachtisch wandte sich der Forstrat an Diane:

„Und du bist Schützenkönigin im Bogenschießen geworden?“

Er hatte die große Neuigkeit von Prinz Kuckuck erfahren.

Diane nickte errötend.

„Dann bist du ja eine echte Försterstochter“, sagte der Forstrat anerkennend und nestelte an seiner goldenen Uhrkette ... „Hier hast du auch von mir einen Preis — ein Andenken an deinen Königsschuß!“

Er reichte ihr zwei in Gold gefaßte Hirschzähne hinüber, die von einem erlegten Hirsch stammten.

„Das sind meine ersten Hirschgrandeln", erklärte er dabei. „Du mußt sie natürlich an einer Halskette tragen."

Diane wußte sich vor Freude kaum zu fassen.

Strahlend lief sie um den Tisch herum und bedankte sich mit einem regelrechten Knicks vor dem liebenswürdigen Gast, der ihr lächelnd abwinkte . . .

Draußen fiel Diane gleich über Sabine her:

„Was sagst du bloß dazu — ist das nicht toll? Du, ich werde das Kettchen dazu nehmen, das du mir mal geschenkt hast — natürlich nur für heute, zum Schützenfest. Eigentlich muß es eine festere sein, aber die kann ich mir ja zu Weihnachten wünschen." Kaum aber hatte sie die Kette mit den Hirschgrandeln umgelegt, als sie auch schon danach drängte, sie möglichst bald von allen bewundern zu lassen.

Deshalb kam ihr ein Telefonanruf von Christel sehr gelegen.

„Mutti, wann dürfen wir denn nun zum Schützenfest?" jammerte sie. „Christel hat schon angerufen, wo wir bleiben!"

„Also, dann macht schon, daß ihr fortkommt", entgegnete Frau Bruck lachend. „Irgendwann kommen wir anderen nach. — Wie ist es mit Ihnen, Professor?"

Aber der alte Herr entschuldigte sich. Der Lärm des Schützenfestes war ihm zu anstrengend. Außerdem mußte ja auch jemand das Haus hüten.

Dafür erklärten sich Tom, Ulrich und Prinz Kuckuck dazu bereit, die Mädchen zu begleiten. Und bald machten sich alle fünf auf den Weg ins Dorf hinunter.

Auf dem Festplatz herrschte Hochbetrieb.

Unvermutet waren noch ein paar besondere Gäste auf dem Plan erschienen, Gäste, die ein ziemliches Aufsehen erregten: zwei Kameraleute mit ihren Filmapparaten, die unter dem Motto „Fünfzigjähriges Bestehen des Buchholzer Schützenvereins" hier filmen sollten.

Sie hatten eine junge Dame bei sich, ein Filmsternchen, Ilka genannt, das irgendwo mal gespielt haben sollte. Wie winzig klein ihre Rolle gewesen war, das verriet sie natürlich nicht! Die Dorfbewohner bewunderten sie aus ehrfürchtiger Entfernung mit staunenden Blicken: eine Filmschauspielerin!

„Wir filmen nachher den Ehrentanz des Schützenkönigs", sagte der Wortführer der Filmgruppe, als sie zum Schützenstand hinausgingen. „Ilka, du mußt mit ihm tanzen, das macht sich gut!"

Aus der Ferne erscholl ein ohrenbetäubender Jubel. Alles rannte zum Schießstand, wo heute natürlich nur Männer — und zwar mit richtigen Gewehren — nach der Königswürde zielten.

Gerade wurde die Scheibe heruntergeholt.

Ein Meisterschuß, vielmehr zwei Meisterschüsse, hintereinander vom gleichen Schützen getan: Dicht beieinander lagen die Einschläge im schwarzen Innenkreis, der Zehn!!

Wer aber war der glückliche Schütze?

August Kannegießer, der Waldaufseher, der noch am Sonnabend mit einer Flasche Bier vor der Hütte im Revier gesessen und dem Hirschröhren gelauscht hatte! Das also war der neue Schützenkönig des ruhmreichen Buchholzer Vereins!

Bravo-Rufe dröhnten ihm jetzt in den Ohren. Man schüttelte ihm die Hände, allen voran der entthronte Vorgänger, Tischlermeister Grimm. Der diesjährige Schützenkönig stand fest: August Kannegießer — ja, das war ein ungeahnter Aufstieg! Vom Waldarbeiter zu den höchsten Würden!

Tom und die beiden Mädchen hatten sich längst einen Tisch in dem großen Festzelt gesichert und hielten die erforderliche Anzahl von Plätzen für Prinz Kuckuck und Ulrich, gleichzeitig aber auch für die Eltern und den Forstrat frei. Das war gar nicht so einfach, denn immer wieder steuerten Platzsuchende ihrem Tisch zu und wurden mit einem „Leider besetzt!" abgewiesen.

Endlich erschienen Prinz Kuckuck und Ulrich, beide voller Bewunderung für den Meisterschützen.

„Der darf nachher mit der Filmschauspielerin tanzen, habt ihr Worte?" sprudelte Ulrich. „Mensch, hat der vielleicht ein Glück!"

„Ja, und fürs Fernsehen wird er auch gefilmt", sagte Prinz Kuckuck. „Das hat er sich gewiß nicht träumen lassen!"

Alle, wie sie da saßen, gönnten dem Waldarbeiter die Auszeichnung von ganzem Herzen.

Da! Die Mitglieder der Kapelle erhoben sich — der Schützenkönig betrat das Festzelt! Und schon erscholl der mit Spannung erwartete dreimalige Tusch der Musikanten.

Während die Festgäste einen lärmenden Hochruf nach dem anderen anstimmten, drängten sich der Forstmeister, seine Frau und der Forstrat suchend durch die Menge.

Diane hatte sie als erste erspäht. Durch Winken und Rufen konnte sie die Aufmerksamkeit der Ankömmlinge auf ihren Tisch lenken.

Endlich hatten alle ihre Plätze eingenommen, und Diane wollte eifrig von dem Geschehenen berichten.

„Wir haben schon gehört", sagte der Forstmeister. „Sieh an, der gute Kannegießer! Na, dem wird es Spaß machen, daß er auch mal die erste Geige im Dorf spielen darf."

„Und sogar ein ganzes Jahr hindurch", sagte Tom, „zumindest bei den Schützen."

Abwartend blickten sie nun auf die erhöhte Tanzfläche inmitten des Festzeltes. Einmal schon hatte die Kapelle mit einem Tusch zum Ehrentanz aufgefordert, aber irgend etwas Unvorhergesehenes schien die Sache zu verzögern.

In diesem Augenblick drängte sich Tischlermeister Grimm durch die Reihen und steuerte geradewegs auf den Forstmeister zu. Alle Köpfe wandten sich nach ihm um.

„Verzeihung, Herr Forstmeister", sagte Meister Grimm, „ich soll Ihre Tochter zum Ehrentanz mit dem neuen Schützenkönig holen. Als Siegerin beim Bogenschießen hat sie ja ein Recht darauf, nicht wahr?"

Dabei lachte er Diane an.

„Na, nun mal los — keine Müdigkeit vorschützen, mein Fräulein!" rief der Forstrat über den Tisch zu Diane herüber, und als auch ihr Vater lächelnd seine Zustimmung dazu gab, stand Diane auf und folgte dem Abgesandten des Schützenvereinsvorstandes.

Aber auf halbem Wege überraschte sie schon ein dreifacher Tusch der Kapelle, und der Königstanz begann!

„Was denn? Ja, was ist denn da los?" Tischlermeister Grimm war total verdattert. Hatte er etwas mißverstanden?

Nun, das mußte wohl so sein, denn am Arm des strahlenden August Kannegießer schwebte Ilka, die zierliche Filmschauspielerin, über die Tanzfläche, eng an ihn geschmiegt, zu ihm auflächelnd und von Scheinwerfern begleitet.

Diane wollte sofort kehrtmachen, aber Herr Grimm hielt sie fest. „Nein, nein — komm mal ruhig mit. Die Sache muß ja aufgeklärt werden!"

Das Ganze stellte sich als sein eigener Irrtum heraus.

Nicht für den Königstanz hatte man sie heruntergeholt, sondern auf Anregung des Filmmannes, der sich die Bogenschützen-Königin vom Vortage mal ansehen wollte. Vielleicht ließ sie sich in die Abendschau mit „einbauen".

Kaum hatte er Diane zu Gesicht bekommen, als er auch schon die Kamera herumschwenken ließ:

„Das gibt eine Aufnahme!" stellte er fest.

Langsam glitt die Kamera auf das verdutzte Mädchen zu, dessen eierschalenfarbenes Kleid märchenhaft im Scheinwerfer aufleuchtete ...

Diane wurde gefilmt, für das Fernsehen gefilmt! Mit keinem anderen an der Seite als dem noch verdutzteren Tischlermeister Grimm, dem entthronten Schützenkönig!

Da kommen ja auch meine Hirschgrandeln mit drauf! war alles, was ihr in diesem Augenblick durch den Kopf fuhr ...

Nach dem Applaus für die Ehrenrunde des neuen Schützenkönigs August Kannegießer wurde die Tanzfläche freigegeben, und bald herrschte darauf ein tolles Gewühl.

Aber wem machte das schon etwas aus!?

Tom tanzte mit Diane, Prinz Kuckuck mit Sabine. Dann wechselten die Paare ihre Tanzpartner.

Als Diane mit Prinz Kuckuck an den Tisch zurückkehrte, waren ihre Eltern und der Forstrat gerade im Aufbruch begriffen.

„Wir wollen nur noch dem Schützenkönig gratulieren, dann verdrücken wir uns", sagte der Forstmeister. „Prinz Kuckuck, Sie schicken uns das junge Gemüse, wie ich hoffe, rechtzeitig nach Hause."

Ulrich, Prinz Kuckuck und Diane blieben am Tisch zurück, und im Handumdrehen waren die drei leeren Stühle von ein paar jungen Leuten besetzt.

Diane hielt nach Sabine Ausschau. Das hellblaue Kleid war zwischen den Tanzenden leicht herauszufinden: es schmiegte sich gerade an den Sonntagsanzug eines jungen Burschen aus dem Dorf.

„Kein Wunder", sagte Prinz Kuckuck lachend. „Das Mädel tanzt ja auch einmalig!"

„Einmalig" war sein Lieblingsausdruck, wenn es etwas besonders zu bewundern gab.

„Wie ist es, wollen wir mal?" fragte Ulrich die Schwester.

Diane stand bereitwillig auf. Prinz Kuckuck mußte ja schließlich auch zu seinem Vergnügen kommen und eines der vielen hübschen Mädchen im Zelt auffordern ...

Nun, eine reine Freude war es nicht für sie, sich Ulrichs Bocksprüngen anzupassen, die er „tanzen" nannte. Sie war froh, als die Musik endlich eine Pause einlegte. Aber auch Ulrich hatte die Hopserei satt.

„Ich gehe nach Hause", sagte er zu seiner Schwester. „Hier ist ja doch nichts mehr los."

Dafür erschien Sabine wieder am Tisch, hochrot und überglücklich.

„Ich muß erst ein bißchen verschnaufen", sagte sie und pustete sich eine Haarsträhne aus dem erhitzten Gesicht.

„Prinz Kuckuck sagt, du tanzt einmalig", verriet Diane der Freundin.

Sabine strahlte.

„Ja, Tanzen ist mein Hobby, so, wie für dich das Schießen. — Aber da fällt mir was ein: Morgen in der Fernseh-Abendschau kann man sehen, was die hier gefilmt haben. Das hat mir der Kameramann gerade vorhin gesagt!"

„Ist das wahr?" Diane konnte es kaum fassen. Bis jetzt hatte sie das Ganze gar nicht so ernst genommen. „Du, das müssen wir gleich Tom und Prinz Kuckuck sagen, wenn sie zurückkommen."

„Ja natürlich! Wo sind die denn überhaupt?"

„Na, sie tanzen wahrscheinlich."

Richtig, man konnte sie im Gewühl der Tanzenden auftauchen sehen, auch die drei jungen Leute, die den Tisch unbemerkt verlassen hatten.

„Sag mal, wo hast du denn deine Hirschgrandeln?" fragte Sabine plötzlich.

„Meine Hirschgrandeln?" Dianes Hand fuhr an den Hals. Aber da war nichts von einer Kette zu spüren.

„Weg! — Meine Kette ist weg!" stieß sie entsetzt hervor und starrte Sabine fassungslos an. „Wo kann ich die denn verloren haben?"

„Wenn man nur wüßte, wie lange sie schon weg ist", sagte Sabine.

„Ich kann mich nur noch erinnern, daß ich sie noch umhatte, als wir gefilmt wurden“, stammelte Diane. „Aber das ist auch alles.“

„Vielleicht ist sie dir beim Tanzen aufgegangen und hinuntergefallen“, überlegte Sabine.

Beim Tanzen!

„Natürlich, nur dabei kann es gewesen sein, bei Ulrichs Gehopse!“ stöhnte Diane auf. „Dem hab ich's zu verdanken, daß ich die Kette losgeworden bin ... Was sage ich bloß zu Hause? Ich kann doch dem Forstrat ohne die Hirschgrandeln nicht mehr unter die Augen treten!“

„Vielleicht hat sie schon jemand gefunden und abgegeben“, tröstete Sabine die Freundin, wurde aber durch einen Wink von ihr zum Schweigen gebracht.

„Still, kein Wort darüber zu Tom und Prinz Kuckuck!“ zischte Diane ihr zu.

Soeben war die Musik verstummt, und die Tänzer kehrten an ihre Tische zurück. Bald war auch der ihre wieder besetzt, bis auf den verlassenen Platz von Ulrich.

Prinz Kuckuck sah erstaunt auf Diane, die ihre Hände vor das Gesicht gelegt hatte.

„Nanu, müde?“ erkundigte er sich.

„Nur ein bißchen Kopfschmerzen“, antwortete sie. Als sie die Hände sinken ließ, hatte sie sich wieder gefaßt.

„Machen Sie sich keine Gedanken, Prinz Kuckuck, es wird schon gleich besser“, sagte sie mit einem warnenden Blick auf Sabine. Niemand von der ganzen Runde ahnte, was sich unterdessen unter dem Tisch begab — bis Tom plötzlich unruhig wurde.

„Hat hier jemand einen Hund mit?“ fragte er und lüftete das Tischtuch, um zu erfahren, was an seinem Bein herumkrabbelte.

Da aber tauchte der „Hund“ bereits auf, und es handelte sich dabei um keinen anderen als den kleinen Lehrling aus dem Einkaufsladen.

Mit hochrotem Kopf streckte er Diane seine Hand entgegen, um ihr die verlorene Kette zu überreichen.

„Da ist sie“, sagte er bescheiden.

Diane nahm ihm die Kette aus der Hand. Dann starrte sie den Jungen fassungslos an.

„Wo war sie denn, Emil? Unterm Tisch? Ja, woher wußtest du denn überhaupt ...“

Sie war vor Freude so überwältigt, daß sie nicht weitersprechen konnte.

Dafür sprach Emil.

„Ich sitz ja schon die ganze Zeit am Nebentisch, du hast mich bloß nicht gesehen“, erklärte er. „Da hab ich gehört, daß du deine Kette vermißt, und hab sie unter dem Tisch blinken sehen. Das war alles.“

„Na, so was! Du bist ja der reinste Detektiv!“ sagte Tom anerkennend. Nun konnte er sich — ebenso wie Prinz Kuckuck — Dianes Kopfschmerzen erklären!

In diesem Augenblick setzte die Musik von neuem ein.

„Du weißt nicht, was für einen Gefallen du mir getan hast!“ sagte Diane und drückte dem hochroten Emil dankbar die Hand. „Würdest du wohl den nächsten Tanz mit mir tanzen?“

Nun, und ob Emil wollte! Tanzen war etwas, das er prima konnte, so tolpatschig er sonst immer auch wirken mochte.

So segelten die beiden über die Tanzfläche dahin, jeder von ihnen von Herzen froh und glücklich.

Und was für Emil das schönste war: Unter den vielen erhitzten Gesichtern fiel sein tomatenrotes Gesicht auch nicht im geringsten auf!

Dianes Hirschgrandeln-Kette aber lag wohlverwahrt in ihrer Handtasche. Sie wollte nicht noch einmal eine solche Aufregung erleben, nachdem sie das schadhaft gewordene Schloß betrachtet hatte . . .

Aber Emils Kameraden und die älteren Jungen staunten. Wie kam der Bursche zu der Ehre, mit Diane zu tanzen? Und sie plauderte so vergnügt mit ihm, das war doch allerhand!

Sie steckten die Köpfe zusammen, als der Tanz zu Ende war und die beiden an Dianes Tisch zurückgingen. Der nächste Tanz begann sofort und — Emil tanzte mit Sabine! Das war doch die Höhe! Auch Marion und Christel konnten nicht sagen, warum und wieso.

Nach diesem Tanz kamen Emils Freunde neugierig heran. „Mensch, Emil, du holst dir einfach die beste Tänzerin. Und die Tochter von Eichenforst außerdem. Wie machst du das bloß?"

Der kleine Emil, den sie sonst immer ein bißchen mitleidig und von oben herab behandelten, sah sie vergnügt an, zuckte die Achseln und meinte verschmitzt: „Man hat so seine Methoden!"

Dann tanzte Sabine mit Tom.

Die abendliche Wanderung am Sonnabend hatte großen Eindruck auf sie gemacht.

Weil sie nun gehört hatte, daß Tom noch an diesem Abend den Hirsch ausmachen sollte, der für die Büchse des Ministerpräsidenten gedacht war, fing sie beim Tanzen ein merkwürdiges Gespräch an.

„Wie lange bleibst du noch hier?" erkundigte sie sich bei Tom.

„Höchstens noch eine Viertelstunde", war die Antwort, „dann muß ich ins Revier."

„Ich weiß. Und ich möchte mit!"

„Du? Wie kommst du darauf? — Es wird abends schon ziemlich kühl."

„Das weiß ich. Ich kann mich ja warm anziehen. Mich interessiert der große Hirsch, der Zwölfer, nach dem du Ausschau halten sollst."

„Der Zwölfer? Stimmt! Nach dem soll ich sehen!"

„Kann ich mit dir gehen?"

Tom überlegte. „Willst du jetzt schon weg von hier? Du tanzt doch gerne. Ich kann nicht länger bleiben."

„Ach, tanzen kann ich immer. Aber den Hirsch beobachten . . ."

„Also gut! Ich nehme dich mit."

„Ich muß nur Diane Bescheid sagen."

„Kommt überhaupt nicht in Frage! Dann habe ich euch beide auf dem Hals. Und Diane war schon öfter mit Vater draußen. Ich sage Prinz Kuckuck Bescheid. Lauf du gleich vor. Der Wagen steht nicht weit entfernt."

In Eichenforst wunderte man sich, daß Sabine schon zurückkam. Doch Herr Bruck nickte ihr zu, als er den Grund erfuhr.

„Zieh dich warm an, Kind! Es wird schnell kühl, und ihr dürft euch nicht bewegen, sondern müßt euch ruhig verhalten."

## Der Zwölfender

Eine halbe Stunde Fußmarsch hatten sie vor sich. Der Hochsitz, zu dem Tom gehen sollte, war auf einer Kiefer angebracht.

Mittlerweile war es finster geworden, und der Mond zeigte sich noch nicht über dem Wald. Nur ein fahles Licht schickte er voraus. Die dunklen Baumschatten, die leisen letzten Drosselrufe, die fiependen Mäusestimmen im welken Laub, das bei jedem Schritt raschelte — wunderbar war diese Stimmung im Herbstwald. Vom Tal zog sachte der Nebel herauf, besonders vom Hirschgrund her, durch den der Kaltenbach floß.

Aber Sabine fühlte sich in Toms Gesellschaft sicher. Nicht einmal die beiden Fledermäuse konnten sie erschrecken, die kurz hintereinander über ihre Köpfe weghuschten.

„Ziemlich spät für Fledermäuse", meinte Tom, als eine dritte im Zickzack vor ihnen herflatterte. „Es ist eben ein sehr milder Oktober, sonst hätten sie bestimmt schon für den Winterschlaf gerüstet. Schmetterlinge finden sie ja auch nicht mehr."

„Was fressen sie dann?"

„Käfer, die noch herumschwirren. Aber lange wird es nicht mehr dauern, dann verziehen auch die sich zum Winterschlaf, und die Fledermäuse finden nichts mehr und müssen auch schlafen gehen."

Ein Eichhörnchen schien noch am Boden herumzuhuschen, sie hörten es scharren und ein paarmal ärgerlich fauchen. Wahrscheinlich entdeckte es nicht, wonach es suchte.

„So", meinte Tom schließlich, „wir sind da. Ich steig die Leiter hoch, du folgst mir. Aber paß gut auf und halt dich fest!"

Oben schlug er die Decke auseinander, die seine Mutter ihm vorsorglich mitgegeben hatte, und wickelte Sabine hinein. Sie nahmen die Ferngläser zur Hand und warteten still . . .

Leise stieß Tom Sabine an den Arm. „Links!" flüsterte er.

Wahrhaftig, da zog das ganze Rudel heran — sechs, sieben schattenhafte Gestalten. Wie unschlüssig wanderten sie in die Waldwiese hinein, zupften hier und da im Gras, bis plötzlich — in der Ferne — der gewaltige Schrei ertönte, der Sabine zwei Tage vorher so sehr erschreckt hatte. Der Hirsch! Näher und näher klang der Schrei, herausfordernd und befehlend zugleich. Die Hirschkühe hoben die Köpfe und drängten sich näher zusammen, als suchten sie gegenseitig Schutz vor dem Herrscher, der heranzog.

Und da trat er aus dem Dunkel, umkreiste die Herde und blieb reglos stehen. Irgendwo in der Ferne erklang ein anderer Schrei. Dort meldete sich ein Gegner, einer, der auch die Herrschaft über das Revier antreten wollte. Der Platzhirsch antwortete.

Hier bin ich! Stell dich zum Kampf! bedeutete sein immer heftigeres Schreien.

Plötzlich schienen alle anderen Laute im Wald erstorben. Nur die Stimmen der zwei gewaltigen Tiere dröhnten her und zurück.

Sabine zitterte vor Aufregung. So etwas Tolles hatte sie noch nie erlebt.

Nebelstreifen geisterten über die Wiese, ließen alle Formen verschwimmen, alle Gestalten größer und unwirklicher erscheinen. Die Unruhe der Muttertiere, die nun eng beisammen am Waldrand standen, die Erregung des Platzhirsches, das Schweigen der übrigen Welt — das alles schuf eine seltsame Stimmung, die Tom genauso bannte wie Sabine.

Und nun hatten sie ein großartiges Erlebnis, eines, das auch jeden Jäger immer wieder überwältigt, mag er noch so oft Zuschauer gewesen sein: den Kampf zweier Hirsche um die Herrschaft im Revier.

Der Platzhirsch war ein Zwölfender, ein stolzes Tier. Ein jüngerer Hirsch, ein Zehnender, wollte ihm den Rang ablaufen.

Langsam zog er heran.

Der Mond war inzwischen höher gestiegen, aber er war nicht klar. Immer wieder trieben Wolken über den Himmel und ließen kein klares Licht aufkommen. Die beiden auf ihrem Hochsitz sahen nicht viel. Dafür hörten sie die Geweihe krachend aneinanderschlagen, immer heftiger, immer schneller, dazwischen das Keuchen der erregten Tiere.

Und sowie das Mondlicht einmal zwischen den Wolken und dem Nebel durchbrach, beleuchtete es die gespenstische Szene.

Der Kampf dauerte nicht lange: der jüngere Hirsch brach unter einem heftigen Schlag des Zwölfenders zusammen. Einen Augenblick lang blieb er wie betäubt liegen, dann erhob er sich langsam, von dem Sieger aufmerksam und mißtrauisch beobachtet, und hinkte mühsam davon.

Hinter ihm erklang der Triumphschrei des Platzhirsches, ehe der hinüberwechselte zum Rudel, als dessen unbestrittener Herr er sich nun fühlen durfte.

Sabine erwachte wie aus einer Verzauberung, als Tom sich von seinem Sitz erhob.

„Seltsam!" sagte sie schließlich. „Es scheint alles gar nicht wahr zu sein; so ein Erlebnis hier in der Einsamkeit — und ein paar Kilometer weiter fegen die Autos über die Straßen . . ."

Tom nickte nur.

Sie kletterten vom Hochsitz hinunter und traten schweigend den Rückweg an. Erst nach einer Weile fing Tom wieder zu sprechen an.

„Haben wir es nicht gut", meinte er, „daß wir beides kennen: das Leben draußen und das heimliche verborgene Leben im Wald? Ich kann es schlecht ausdrücken, was ich meine, aber vielleicht verstehst du es trotzdem: wir gehören doch in unsere Zeit, in der es eben Autos, Maschinen, das Fernsehen und Mondraketen gibt. Mir macht es großen Spaß, mich damit zu beschäftigen. Doch wenn ich nur ständig damit zu tun hätte und von dem Wald nichts wüßte, die Wildtauben und Häher nicht am Ruf erkennen, die Spur eines hoppelnden Hasen nicht von der Spur eines flüchtenden Rehes unterscheiden könnte, niemals abends durch den dunklen Wald mit seinen vielerlei Lauten und Stimmen gegangen wäre oder einen Abend wie heute erlebt hätte, dann wäre ich doch viel ärmer ... Ich drücke mich sicher dumm aus ..."

„O nein", widersprach ihm Sabine. „Ich weiß schon ... Ich habe das alles doch gar nicht gekannt. Aber seit ich hier in Eichenforst auch so ein bißchen zu Hause bin, kommt mir alles schöner vor. In der Stadt lebt es sich anders, nicht schöner und nicht schlechter, nur eben anders. Aber die beiden Leben gehören zusammen wie — wie ...", sie überlegte, „vielleicht wie das Salz zur Suppe. Eines ohne das andere schmeckt nicht richtig."

Tom lachte. „Man merkt, daß Kuller-Bertel dich mit eingespannt hat! Ist es nicht drollig, was für tiefsinnige Gespräche wir führen? Und die anderen tanzen vergnügt unten im Dorf. Horch, die Musik!"

Sie waren dicht vor Eichenforst, und vom Festplatz klang tatsächlich Tanzmusik herauf. Der Lichterschein aus dem Dorf drang sogar durch den immer dichter werdenden Nebel.

Aber Tom irrte, Diane war mit ihrem Gefolge nicht mehr dort unten. Sie durfte ja nur bis acht Uhr bleiben.

Prinz Kuckuck war pünktlich mit ihr aufgebrochen, zu Fuß, denn Tom hatte ja den Wagen genommen.

Als sie durchs Dorf kamen, war der kleine Ort wie verwandelt. In seinen Winkeln zuckten Lichter wie Leuchtkäfer im Juni. Die paar schönen alten Höfe hatten alle Fenster voll Kerzen, und über ihren breiten Hofmauern mit der weiten Toreinfahrt und der schmaleren Eingangstür standen flackernde Lichter neben Hauslauch und Donnerkraut, die nach altem Bauernglauben als Schutz gegen allerlei Gefahren dort angepflanzt worden waren. Die alte Dorfkirche mit ihrem klobigen, weißgekalkten Turm schimmerte rötlich.

Je höher sie dann heimwärts stiegen, desto deutlicher erkannten sie, daß sich Nebel zusammenbraute. Sicherlich würde Eichenforst gegen Morgen wieder in einer dicken milchigen Wolkenschicht liegen . . .

Eine Stunde vorher hatte Diane enttäuscht von Toms und Sabines Aufbruch erfahren. Aber sie hatte sich beim Tanzen schnell getröstet. Zum erstenmal war sie ja richtig dabei — statt bloß nachmittags beim Kinderball ein bißchen herumhopsen zu dürfen. Aber nun, mit fast dreizehn Jahren und als Schützenkönigin . . .

Doch zu Hause wollte sie warten, bis Sabine und Tom zurückkamen und erzählten. Die waren inzwischen schon dicht am Zaun angelangt. Unwillkürlich blieben sie noch einen Augenblick stehen.

„Es war furchtbar lieb von dir, daß du mich mitnahmst", sagte Sabine leise. „Ich werde diesen Abend nicht vergessen."

„Schon gut", antwortete Tom ebenso leise und drückte ihr die Hand. Dann gab er sich einen Ruck und sagte, was er dachte und doch gar nicht leicht aussprechen konnte: „Es war viel schöner mit dir zusammen, und

ich werde diesen Abend ganz bestimmt auch nicht vergessen."

Noch ein fester Händedruck, dann räusperte er sich verlegen und klinkte die Tür auf.

## Aufbruch zur Jagd

In aller Herrgottsfrühe — gegen fünf Uhr im Dämmerlicht — war der Forstmeister mit dem Ministerpräsidenten losgezogen.

Kuller-Bertel hatte einen extra guten Kaffee gekocht und ihnen heißen Tee in die Thermosflasche gefüllt.

„Es ist ziemlich kalt heute morgen", hatte sie dem Gast versichert, als er ihre Fürsorge lobte und sich immer wieder bedankte. „Die Herren werden froh sein, wenn sie sich ein wenig aufwärmen können."

Natürlich war auch Frau Bruck erschienen – dem Gast zu Ehren. Sie verabschiedete sich mit einem „Waidmannsheil!" von ihnen und bekam als Antwort „Waidmannsdank!" – eine Grußform, über die Sabine nicht genug staunen konnte. Wahrscheinlich hätte sie auch jetzt wieder darüber kichern müssen, wenn sie gelauscht hätte. Aber sie schlief noch tief und fest und träumte von dem Waldspaziergang mit Tom.

Punkt sieben rasselte der Wecker, den Diane abends mit ins Bügelzimmer gestellt hatte. Beide Mädchen fuhren auf . . .

Draußen war es schon lebendig. Der Dackel Rauhbautz bellte vor der Tür. Da hörten sie auch schon Ulrichs Stimme: „Lauter, Rauhbautz! Weck die beiden Schlafmützen!"

„Nicht nötig!" Diane öffnete die Tür um einen Spalt. Schon war der Dackel drin und begann eine lautstarke Begrüßung, bis Diane ihn am Nacken packte und wieder hinausbeförderte.

Keine Rede von der fröhlichen, geruhsamen Kaffeerunde, wie sie sonst auf Eichenforst üblich war! Nur der Professor hatte mit dem Frühstücken auf die Mädchen gewartet. Ihm verdankten sie, daß sie eine Weile in Ruhe sitzen und vom letzten Abend erzählen konnten. Nun aber brauste Kuller-Bertel herein.

Mit einem Seufzer stand Diane auf. Der Professor lächelte.

„Wenn man das hört, könnte man dich fast bedauern", meinte er. „Nur gut, daß ich es besser weiß." Und Sabine erklärte er: „Diane entwickelt bei solchen Gelegenheiten nämlich viele hausfrauliche Talente. Von dieser Seite kennst du sie noch nicht!"

Für den Abend war ein festliches Jagdessen geplant. Von der Beute, die dieser Tag bringen sollte, war allerdings dabei noch nichts zu verwerten. Kuller-Bertel holte Fleisch aus der Gefriertruhe.

„Aber wenn der Ministerpräsident seinen Hirsch schießt, dann hätten wir doch Fleisch genug", meinte Sabine erstaunt. Doch sie wurde von Frau Bruck belehrt:

„Das Stück Wild müßten wir dann erst vom Staat kaufen. Außerdem muß es erst abhängen — wie man sagt — oder in einer Soße gebeizt werden. Und die Enten und Rebhühner, die unsere anderen Jäger hoffentlich erbeuten, sollen auch erst in den nächsten Tagen gegessen werden. Ich hoffe, ihr könnt deiner Mutter ein paar mitbringen, dann habt ihr in Hohnstein noch einen Nachgeschmack von unserem Fest."

„Und was gibt es heute abend?" erkundigte sich Sabine interessiert.

„Rehbraten! Unser Vater war letzte Woche draußen. Ihr könnt Bertel ein bißchen über die Schulter gucken. Als künftige Hausfrauen wird euch das nicht schaden."

Für neun Uhr war der Aufbruch der Jäger festgesetzt. Langsam sammelten sich alle geladenen Gäste auf Eichenforst. Als erste rollten aus Buchholz zwei Wagen heran: Der Bürgermeister Schulz mit dem Amtsrichter Scharf und dem Hauptlehrer Heise im ersten Auto. Danach kam der Bachbauer, der als Schützenhauptmann nicht fehlen durfte, obwohl er nach dem Ball am vergangenen Abend recht spät ins Bett gekommen war. Nicht lange nach diesen Gästen aus dem Dorf erschien der Landrat.

„Unser guter Doktor läßt sich entschuldigen", sagte er gleich nach der Begrüßung. „Er hat im Stift eine alte Frau liegen, die er noch eine Weile ärztlich überwachen muß. Zum Essen heute abend wird er aber erscheinen."

„Na, dem guten Doktor ist das Essen auch der liebste Teil der Jagd", meinte Bürgermeister Schulz lachend. „Mit dem Laufen hat er's nun mal nicht. Und die Wanderungen, die er mir immer anrät, täten ihm selbst genauso gut . . ."

Ja, eine ausgiebige Wanderung hatten die Jäger vor sich. In zwei Gruppen zogen sie los zum großen Kellersee, die eine unter Prinz Kuckucks Führung nach Westen durch die Haidhäuser Flur, die andere, mit dem Forstrat an der Spitze, nördlich über den Hindberg weg. Der Dackel Rauhbautz mußte zu Hause bleiben. Die Jagdhunde Harras und Wacker gingen neben Prinz Kuckuck her und sahen mißtrauisch zu den beiden Vorstehhunden hinüber, die dem Bachbauern und dem Landrat gehörten. Die waren stolz und kümmerten sich überhaupt nicht um andere Hunde.

Es war ein wunderbarer Herbsttag. Plaudernd gingen die Herren neben- oder hintereinander her, solange sie noch im Wald rings um Eichenforst waren. Ab und an überraschten sie einen Hasen, der dann schnell davonhoppelte. Einmal schlugen die Zweige hinter einem erschrockenen Reh zusammen, das die Menschen auf dem weichen Moosboden erst spät herankommen hörte. Sie alle hatten an diesem Tage Ruhe vor den Jägern. Die sahen nur flüchtig zur Seite, wenn es in den Büschen knackte, und wurden erst aufmerksamer, als der Waldrand und das freie Feld dahinter in Sicht kamen.

Stoppeläcker und Wiesen waren noch feucht vom Tau. Am Waldrand leuchteten die Heckenrosenbüsche von korallenfarbenen Hagebutten. Der Bachbauer pflückte schnell ein paar blauschwarze Brombeeren, als ihm gerade ein Dornenzweig den Weg versperrte.

Ein Eichelhäher rätschte kräftig — das Warnzeichen für die Tiere im Wald und in den Feldern.

Dann sahen sie den See, an dem vom Schilf aus die Entenjagd stattfinden sollte. Auch einfache Boote lagen bereit. Doch es ging ja nicht nur auf Enten. Im nahen Niederwald warteten zehn Treiber: Dort wollte man Rebhühner und Bekassinen erlegen . . .

Zu Hause auf Eichenforst waren Frau Bruck, Kuller-Bertel und die Mädchen schon fleißig bei den Vorbereitungen für die große Jagdtafel, das sogenannte „Schüsseltreiben", wie es scherzhaft hieß.

„Du könntest mir mal Petersilie aus dem Garten holen", sagte Bertel zu Sabine. „Sehr viel — ich brauche welche zum Würzen und noch mehr zum Garnieren."

„Und du, Diane, kannst ein paar Gläser Apfelmus aus dem Keller heraufholen", rief Frau Bruck im Vorübergehen. „Und sieh mal zu, ob du die eingekochten Birnen findest. Sie stehen auf dem Regal, links in der Ecke."

Treppauf treppab ging es, und doch fand man dazwischen immer ein wenig Zeit zum Plaudern. Die Mädchen hatten ja alles mögliche aus der Stadt zu berichten.

„Mutti, ich hab mich schrecklich geärgert über die Vier in Mathe!" verriet Diane so ganz nebenbei der Mutter. — „Na, du, davon erzähl lieber dem Onkel Professor nichts!" war deren Antwort.

Es gelang Diane auch, einen der neuesten Schulstreiche auszuplaudern: Sie und Sabine hatten dem Geschichtslehrer Niespulver auf den Schreibtisch geschüttet.

„Der niest sowieso schon immer wie ein Eisbär", prustete Diane. „Und nun hörte er gar nicht wieder auf!"

Diese Geschichte nahm Frau Bruck geflissentlich nicht zur Kenntnis . . .

Sabine dagegen benutzte jede Gelegenheit, die Freundin nach irgend etwas zu fragen, das mit der Jagd zusammenhing.

„Sind die Rebhühner nicht sehr scheu?" — „Weshalb hat der Bachbauer eigentlich seinen eigenen Hund mitgebracht?" . . . Fragen, die nebenher gestellt und ebenso nebenher beantwortet werden mußten. Und dennoch konnte Sabine so mancherlei dabei erfahren. So etwa, daß die Rebhühner beim Auffliegen eine Kette bildeten und daß manche Jäger kleine Papierdrachen mit sich führten, damit die Hühner glaubten, ein Habicht stünde in der Luft. „Auf diese Weise", erklärte Diane, „sind sie leicht abzuschießen, weil sie sich dann tief an den Boden drücken und die Jäger dicht an sich heranlassen."

Diane sprach auch von den Vorstehhunden, die stocksteif vor den Vögeln stehenblieben und dem Jäger anzeigten, wo welche waren.

„Du kannst das nachher selber sehen", sagte Frau Bruck, die eben dazu kam. „Ich denke, ihr beiden Mädchen fahrt den Jägern das Mittagessen zum Treffpunkt hinaus. Vielleicht fährt Ulrich auch mit."

Die Freundinnen sahen sich an. Welche Aussicht!

„Mit dem Pony?" fragte Sabine atemlos.

„Na, ein Pony ist unsere alte Liese nicht gerade. Ein braves altes Ackerpferdchen. Und ihr nehmt den Kastenwagen."

„Aber Ulrich braucht nicht mit", protestierte Diane heftig.

„Wohin soll ich nicht mit?"

„Ach, du bist hier. Na ja, wenn man von gewissen Grautieren spricht . . ."

„Brich dir die Zunge nicht vor lauter Höflichkeit ab. Ich kann sowieso nicht mit, wohin ihr auch wollt. Tom und ich sollen Vati mit dem Ministerpräsidenten heimholen. Mal sehen, ob sie Jagdglück hatten!"

## Picknick am See

Die Jungen brausten los, und nicht viel später hatte der Holzarbeiter Kaspar — auf Eichenforst ein immer und überall hilfreicher Gast — die alte Liese vor eine sonderbare Kutsche gespannt: Hinter dem Bock befand sich eine Art Kasten, auf dessen Boden eine dicke Schicht Stroh lag.

Dorthinein wurde ein ganzer Kessel mit heißer Erbsensuppe gestellt, die nach allerlei Gewürzen und gebratenem Speck herzhaft duftete. Teller und Löffel lagen in einem hohen Tragkorb daneben, Servietten, Becher und ein paar Flaschen ebenfalls.

„Wacholder . . ." konnte Sabine entziffern.

„Zum Aufwärmen für die Herren", sagte Frau Bruck lachend. „Den Jägern wird es manchmal doch reichlich kühl, wenn sie warten müssen, wo sich und ob sich Wild zeigt. Wir haben ja Mitte Oktober."

Die beiden Mädchen stiegen auf. Diane schnalzte und gab dem Pferd mit der Peitsche einen leichten Schlag. „Hü, Liese, fahr zu!"

Die Waldstraße hinan zum Hindberg ging es, dann im Bogen um die Kuppe herum zum Teufelskopf hinüber. Das Pferdchen nickte bei jedem Schritt mit dem Kopf, und dabei klingelten die kleinen Metallscheiben am Geschirr.

Ganz feierlich war den beiden Freundinnen plötzlich zumute.

„Der Jäger aus Kurpfalz, der reitet durch den grünen Wald ...", schmetterte Diane plötzlich los und unterbrach sich gleich: „War es nicht toll, wie die Kapelle das vorgestern spielte? Mir zu Ehren!"

Und damit waren sie wieder beim Schützenfest, beim großen Ball und dem Filmsternchen ... Und bei Emil, dem rettenden Engel mit dem roten Gesicht! Ab und zu zeigte Diane mit der Peitsche hierhin und dorthin.

„Dahinunter geht ein Weg zur Glockenmühle. Schade, daß wir diesmal nicht hingekommen sind. Auf dem Schützenfest läßt sich die Glockenmüllerin natürlich nicht sehen." Es war jedermann bekannt, was für ein zurückgezogenes Leben sie führte.

Doch das Pferdchen war weitergetrabt. Der Hochwald wurde lichter. Große Strecken weit wucherte Farnkraut, dessen breite Blätterwedel fahlgelb geworden waren. Und wenn an kleinen Kahlschlägen Brombeeren rankten, leuchteten deren Blätter manchmal schon in einem matten, dunklen Rot.

Diane ließ die Peitsche knallen, die alte Liese setzte zu einem zaghaften Trab an, und bald waren sie am Treffpunkt.

Prinz Kuckuck war mit seiner Gruppe schon dort, und sie begrüßten die Mädchen mit lautem Hallo. Ihre Strecke an Rebhühnern, Bekassinen und Wildenten war schon beachtlich.

„Strecke", so erklärte Prinz Kuckuck Dianes Freundin, „das ist für dich natürlich gleichbedeutend mit Weg oder Schiene. Wir Waidmänner aber meinen damit die Reihe des erlegten Wildes, das zum Schluß Stück für Stück nebeneinandergelegt wird."

„Von mir aus!" sagte Sabine. „Ich wette, unsere Kutschfahrt war schöner als die ganze Vormittagsjagd."

„Deshalb hättet ihr uns auch beinahe verhungern lassen?" fragte Prinz Kuckuck. „Wir sind hier schwer im Einsatz, der Magen hängt uns bis zu den Zehenspitzen, und ihr laßt euch Zeit! Redet euch nur nicht auf die Liese hinaus, sonst muß ich mir mal stark überlegen, ob es nicht etwa drei Liesen gibt — das Pferdchen und euch zwei Bummel-Liesen!"

„He!" rief Diane. „Das ist stark! Erstens ist Enten- und Hühnerjagd kein ‚schwerer Einsatz', Prinz Kuckuck! Sie tun gerade so, als kämpften Sie mit Krokodilen! Zweitens haben wir nicht gebummelt; die Herren Jäger werden vor lauter Hunger ihre Uhren vorgestellt haben, das wird's sein!"

Auch Sabine hatte sich ernsthaft verteidigen wollen. Doch nun bemerkte sie, als die Jäger schallend lachten, daß alles nur Spaß war.

„Na", meinte sie, „weißt du, Diane, es heißt so schön: ‚Gar lustig ist die Jägerei' . . . Mag ja sein. Aber das Drum und Dran, der Wald, die Tiere und alles — das ist für mich die Hauptsache. Schießgewehre kann ich nicht leiden."

„Hast wohl eine Heidenangst, daß es knallt, während ihr hier draußen seid, was?" sagte Prinz Kuckuck grinsend.

Die Herren lachten schallend.

„Keine Angst", beschwichtigte einer. „Wir machen Pause. Es ist ‚Hahn in Ruh' geblasen worden."

Das hieß nun aber nicht, man wollte das Rebhuhn oder den Rebhahn endgültig „in Ruh" lassen, also verschonen, vielleicht sogar Sabine zuliebe . . . Es bedeutete: „Achtung, Schießen einstellen! Den Abzugshahn an

Flinten und Büchsen in Ruhe lassen! Nicht mehr abdrükken, bevor zur Wiederaufnahme der Jagd geblasen wird!"

Nun, wenn die Herren Jäger auch nicht allzuschwer „gekämpft" hatten — hungrig waren sie doch.

Auch die andere Gruppe kam heran. Jeder nahm den gefüllten Teller und setzte sich auf den nächstbesten Baumstumpf, der meist der „nächstschlechteste" war, aber das focht niemanden an. Abends würde man sowieso bequemer sitzen!

Plötzlich runzelte Prinz Kuckuck die Stirn. „Sag mal, Diane, hast du Herrn Amtsrichter Scharf gesehen?" fragte er leise. Er wollte nicht gleich laut herumfragen, so etwas gibt immer Unruhe, besonders bei einer Jagd.

„Nein!" Diane sah sich um. „Sein Essen hat er jedenfalls nicht abgeholt!"

„Vielleicht mag er die Suppe nicht", überlegte Sabine besorgt.

Prinz Kuckuck lachte. „Da kennst du den Amtsrichter schlecht. Er ist geradezu verliebt in die Küche von Eichenforst — genau wie der Doktor, der erst heute abend kommen kann."

„Wo hat er denn gejagt?" Sabine machte sich Sorgen. „Ob ihn ein Hirsch angegriffen hat? Ich hab mal gelesen . . ."

„Na, ins Wasser wird ein Hirsch dem Herrn Amtsrichter nicht gefolgt sein." Prinz Kuckuck lächelte. „Der Richter saß nämlich im Boot und schoß von dort aus seine Enten. Gehen wir mal zum Schilf."

Es dauerte nicht lange, und sie sahen das Heck eines Ruderbootes durch die hohen, gelben Gräser und Halme schimmern.

Sabine bekam einen Mordsschreck. Sie faßte Dianes Hand.

„Da liegt er!" hauchte sie. „Da, im Schilf! In seinem Boot! Es hat sicher ein Unglück gegeben. Es hat ihn irgendeiner aus Versehen getroffen!"

„Pssst!" machte Prinz Kuckuck listig. „Getroffen ist gut! Wenn ihn wirklich etwas getroffen hat, dann ist's kein Schuß gewesen, sondern eine Mütze voll Schlaf! Ein Verletzter würde nicht so laut schnarchen!"

Wirklich lag der alte Herr in seinem dicken Lodenmantel ausgestreckt im Boot wie ein Kind in einer Wiege. Sein Gesicht drückte wonnevolle Behaglichkeit aus. Es war ein Bild des Friedens, wenn — ja, wenn das Gewehr nicht gewesen wäre!

Die Jagdflinte lag neben dem schlafenden Amtsrichter im Boot, als wäre sie ein Spazierstock oder ein Regenschirm.

„Das ist ja ein starkes Stück!" murmelte Prinz Kuckuck. „Ein Jäger, noch dazu ein Amtsrichter, der sich mitten ins Jagdgebiet legt und schläft wie daheim auf der Couch! Und der nicht einmal acht auf sein Gewehr gibt! Na, so was!"

„Wir müssen ihn wecken", meinte Diane.

„Untersteht euch!" erklärte Sabine, nun beinahe richtig wütend. „Warum soll der alte Herr nicht schlafen? Es ist ohnehin ein warmer Tag geworden, und der Richter war vielleicht sehr müde. Ich fände es sehr häßlich von euch, wenn ihr ihn stören würdet!"

Prinz Kuckuck warf Sabine einen verschmitzten Blick zu. „Hübschen Mädchen kann ich nicht widerstehen", sagte er. „Gut, ich lasse ihn schlafen. Aber das Gewehr muß ich sicherstellen, das wirst du einsehen. Ein Unbefugter könnte es ihm wegnehmen und Unheil damit anrichten. Außerdem könnte es geladen sein."

Die Jagdflinte war tatsächlich geladen!

Und der Herr Amtsrichter Scharf schlief wie ein Murmeltier.

Er schlief so fest, daß er nicht einmal das leise Schaukeln des Kahnes bemerkte, als Prinz Kuckuck behutsam über den Bordrand stieg und nach der Waffe langte.

„Geladen und ungesichtert", stellte Prinz Kuckuck fest. „Kommt, Mädchen. Amtsrichter hin, Amtsrichter her — der famose Herr Jäger verdient einen Denkzettel."

„Was wollen Sie tun, Prinz Kuckuck?" fragte Sabine. „Etwa die Polizei holen?"

Prinz Kuckuck lachte. „I wo. Es gibt natürlich schwere Jagdvergehen, also vorsätzliche oder fahrlässige Handlungsweisen, die gegen die Strafgesetze im allgemeinen und gegen die Jagdgesetze im besonderen verstoßen. Die müssen gemeldet, angezeigt und gerichtlich verhandelt werden — sie enden mit Geldstrafe oder Gefängnis. Dies aber ist eher ein grober Schnitzer, eine Blamage. Keine geringe, bewahre! Ein Jäger, der im Schlaf ein geladenes Gewehr neben sich hat — ich danke!"

„Was haben Sie aber nun vor?" drängte Sabine.

„Ich geb das Gewehr Dianes Vater. Und dann tun wir hübsch arglos und gucken zu, wie Amtsrichter Scharf verdattert in der Gegend herumsucht. Wie wir ihn kennen, wird er sich eher die Zunge abbeißen, als uns den Verlust der Flinte zu melden!"

„Und was haben Sie von Ihrer Schadenfreude?" fragte Sabine mißbilligend.

„Einen lustigen Abend", erklärte Diane. „Wem solche Pannen passieren, der wird nach dem großen Jagdessen immer gefrotzelt, und er kriegt eine Strafe, so ähnlich wie bei einer Kindergesellschaft. Da sind die erwachsenen Männer oft wie die Lausbuben, aber das gehört nun mal zur Jägerei . . ."

Trotzdem . . .

Auf dem Rückweg kamen auch Diane Bedenken. Während die beiden Mädchen mit der Kutsche durch die Herbstlandschaft fuhren, sagte sie zu Sabine:

„Der Amtsrichter Scharf wird keinen gemütlichen Nachmittag haben . . . Daß ihm, ausgerechnet ihm als Richter, so etwas passieren mußte . . . Das ist ihm sicher doppelt peinlich, und Prinz Kuckuck hat gewiß recht: Da er nicht weiß, wer ihm die Jagdflinte stibitzt hat, wird er sich nicht trauen, eine Meldung zu machen."

„Und heut abend fällt er aus allen Wolken", rief Sabine. „Du, das find ich nicht sehr nett! Prinz Kuckuck mag tausendmal recht haben, und ich sehe auch ein, daß ein Jäger auf sein Gewehr aufpassen muß — trotzdem, der Richter tut mir leid! Ich mag keine traurigen Gesichter auf Eichenforst!"

Nun mußte Diane derart lachen, daß sie fast vom Kutschbock gefallen wäre.

„Prima, Sabine! Wie du das gesagt hast! Aber laß mal, wir werden den Herren schon die Suppe versalzen, wenn sie zu schadenfroh mit dem Richter umspringen sollten! Da fällt mir bestimmt noch was ein!"

„Prima!" Sabine strahlte.

Als die Freundinnen gegen zwei Uhr zurückkamen, rüstete man im Forsthaus für das große Essen. Der Forstmeister und der Ministerpräsident waren zurück: der Zwölfender, mit frischem Tannengrün im Maul, stand im Hof auf dem Wagen. Die beiden Herren hatten sich zu kurzer Ruhe zurückgezogen. Sie merkten nichts von der Unruhe unten im Haus . . .

„Du liebe Zeit, da kommt Frau Kleff", stöhnte Diane. „Mutti, mußtest du die gräßliche Person wirklich einladen?"

„Mein liebes Kind, du kennst doch solche Tage. Und du bist mit deinen fast dreizehn Jahren alt genug, um zu wissen: Es muß alles klappen, und das schaffen wir allein nun mal nicht."

„Aber Frau Herrmann hilft doch. Und Frau Buchmann ist auch noch da."

Es brummte jemand im Hintergrund: Kuller-Bertel! Die resolute Bertel fürchtete sich nämlich vor Frau Kleff.

„Mir ist der ganze Tag verdorben", stöhnte sie. „Die hat mir noch jedes Fest zur Hölle gemacht." Laut sagte sie es nicht, sie hatte mit Frau Bruck schon genügend über diesen Punkt gestritten.

„Was ist das eigentlich für eine Frau, die Frau Kleff?" fragte Sabine. Diane zog Sabine mit sich zur Hintertür, sobald Frau Kleff das Haus betreten hatte.

„Hast du sie dir angeschaut? Sie sieht aus wie ein richtiger alter Besen, dürr und borstig. Die kommandiert fürchterlich herum. Sie weiß alles besser, fährt sogar Bertel über den Mund — nur vor meiner Mutter hält sie sich noch ein bißchen im Zaum. Wir gehen ihr am besten aus dem Wege. Im übrigen ist sie die Schwester vom Tannenwirt. Der wird froh sein, daß er sie einen Tag lang mal auf gute Weise losgeworden ist."

Das war ja eine reizende Beschreibung von Frau Kleff!

„Und warum holt deine Mutter sie her?"

„Weil sie am besten eine Tafel decken kann. Beim Tannenwirt richtet sie die Hochzeitstafeln her. Ihr entgeht kein einziger Fehler. Deshalb findet Mutti, daß sie bei einem Festessen unentbehrlich ist."

„Aber so eine große Sache kann das Tischdecken doch nicht sein?"

„Hast du eine Ahnung! Du mußt dir mal was von Jagdbrauchtum erzählen lassen! Das wird so feierlich genommen wie die Sitten an einem Fürstenhof! Wir holen sogar das kostbare Jagdservice hervor, das alte Tafelgeschirr, das nur bei Jagdessen aufgedeckt werden darf."

Gerade kullerte Bertel um die Ecke.

„Hier steckt ihr? Habt ihr nichts Besseres zu tun? Los, los, die Mutter holt gerade das Porzellan aus dem Schrank!"

„Komm, Sabine!" Unterwegs gab Diane der Freundin noch weitere Auskunft über das Jagdservice: „Irgend so ein Fürst hat es meinem Urgroßvater geschenkt. Der alte Herr — na, damals war er natürlich noch nicht alt! — hatte dem Fürsten einmal das Leben gerettet, und dafür bekam er zur Hochzeit das Geschirr. Für achtzehn Personen, stell dir das vor! Auf jedem Stück sind Jagdszenen dargestellt. Sieht toll aus, wenn der ganze Tisch damit gedeckt ist! Natürlich ist es sehr, sehr wertvoll. Nicht auszudenken, wenn etwas davon kaputtginge!"

Neben dem „Prunkraum" der Försterei — mit den vielen Geweihen und den alten Stichen an den Wänden — lag das Porzellanzimmer.

Neugierig sah Sabine zu, wie Frau Bruck vorsichtig Teller und Schüsseln aus einem gewaltigen Schrank hob und sie Bertel zureichte, die Stück für Stück sorgsam auf den großen Eichentisch mit den gedrechselten Füßen stellte.

„Bringt das Geschirr in die Kellerküche", wies Bertel die Mädchen an. „Aber nehmt niemals zuviel! Lieber öfter gehen! Vorsicht, wenn ihr über die Diele marschiert. Die Tür zur Kellerküche laßt offen! Und achtet auf die vier Stufen!"

Die Kellerküche lag hinter jener Küche, die täglich benutzt wurde. Eine kleine Treppe führte in den großen

Raum hinunter, dessen Treppe leicht gewölbt war. Darin stand ein gewaltiger Herd mit einem Rauchfang darüber. Zum Kochen und Braten wurde er nicht mehr benutzt. Kuller-Bertel war längst oben an ihrem elektrischen Herd.

Aber hier unten wurden die Teller und Schüsseln angewärmt, hier standen auch schon die Salate bereit, Weinflaschen lagen in einem kühlen Becken, und Frau Herrmann fing gleich an, das Jagdgeschirr abzuspülen, um es tafelfertig zu machen.

„Hier war ich noch nie", sagte Sabine verblüfft und stellte zwei Gemüseschüsseln auf den riesigen Arbeitstisch.

„Wir benutzen die Kellerküche nur ganz selten", erklärte Diane. „Sonst ist sie abgeschlossen."

Es war die reinste Prozession — Sabine nannte es „die Porzellan-Polonäse" —, wie sie hintereinander das kostbare Service herbeischleppten: die Platten, Saucieren, Teller und Suppentassen, die Dessertteller, Terrinen und Schüsseln.

An dieser Polonäse nahmen alle teil: Diane und Sabine, ihre Freundinnen Christel und Marion als freiwillige Helferinnen, das kleine Serviermädchen Fanny — das Bertels Patenkind war —, auch Frau Kleff und sogar Frau Buchmann. Sie war dazu ausersehen, die Prachtstücke vom Service hinunterzutragen, damit kein Schaden daran entstand.

Es war aber auch ein wundervolles Geschirr, mit vielen verschiedenen, ganz in Grün gehaltenen Jagdszenen bemalt: eine Waldeiche, hinter der ein Jäger mit angelegtem Gewehr auf sein Wild — zwei kämpfende Hirsche — lauerte, ein Wildschwein, das mit gesenktem Kopf den Jäger bedrohte; edle Jagdhunde, die dem fliehenden

Hirsch folgten; Jäger, die neben dem erlegten Bock knieten ... Ach, es war eine Fülle von schönsten Bildern! An jedem Stück, das Sabine davontrug, bewunderte sie verstohlen etwas Neues.

So zogen sie alle mit Geschirr beladen vom Porzellanzimmer über die Diele, von der Diele durch die Küche und von da aus über die vier Stufen in die Kellerküche, wo sie ihre Last abstellten. Dann ging es den umgekehrten Weg zurück ins Porzellanzimmer.

Eben hatte Frau Buchmann den großen Tafelaufsatz entgegengenommen und war in Richtung Kellerküche damit entschwunden. Sabine nahm aus Kuller-Bertels Hand zwei Aufschnittplatten entgegen und machte sich gleichfalls auf den Weg.

Diane mußte noch eine kleine Ermahnung ihrer Mutter anhören, wodurch sie etwas aufgehalten wurde.

Sabine hatte gerade die Diele durchquert und näherte sich der Küche. Da: Es schepperte, krachte und klirrte ...!

Sabine stand wie angewurzelt ... Du liebe Zeit, was mochte da wohl in Scherben gegangen sein!?

Verstört setzte sie ihre beiden Platten auf die große Truhe an der Wand und eilte in die Küche.

Hier sah es aus wie an einem Polterabend. Ein ganzer Haufen des kostbaren Jagdgeschirrs lag zerbrochen auf den Fliesen! Daneben kniete das kleine Serviermädchen und versuchte mit zitternden Händen, die einzelnen Stücke zusammenzusetzen.

„Steh auf und laß die Hände davon! Da ist doch nichts mehr zu retten!" herrschte Frau Kleff sie an. Und zu Diane, die eben mit schreckgeweiteten Augen hereingekommen war, wurde sie noch unverschämter: „Gaff hier nicht lange rum und halt keine Maulaffen feil! Hol lieber deine Mutter her!"

Aber das war nicht mehr nötig, denn schon tauchte Frau Bruck in der Tür auf, herbeigelockt durch das Krachen und Klirren, das bis ins Porzellanzimmer gedrungen war.

„Ausgerechnet das Jagdgeschirr!" stammelte sie entsetzt.

Mit wenigen Handgriffen hatte sie die Scherben so weit sortiert, daß sich erkennen ließ, was alles kaputtgegangen war.

„Fünf große Teller!" stellte sie fest und erhob sich. Man sah, daß sie die Tränen nur mit Mühe zurückhalten konnte.

Aber gleich darauf hatte sie sich wieder gefaßt.

„Wie ist denn das bloß gekommen?“ wandte sie sich fragend an Frau Kleff.

„Da müssen Sie die Fanny fragen!“ schnaubte Frau Kleff und deutete auf das Serviermädchen.

Fanny stand einen Augenblick wie erstarrt. Zuerst schien es, als wenn sie etwas sagen wollte ... Dann stürzte sie laut aufschluchzend aus der Küche.

„Da haben Sie's, Frau Bruck ... Das schlechte Gewissen!“ triumphierte Frau Kleff. „Mußte sich die dumme Trine auch so bepacken? Das konnte ja nicht gutgehen!“

„Welche dumme Trine?“ fragte Kuller-Bertel, die unbemerkt hereingekommen war, entrüstet. „Schließlich ist Fanny mein Patenkind!“

„Drum auch!“ sagte Frau Kleff. Sie sagte es laut, deutlich und frech.

Frau Bruck wurde nervös. Dieses Gezänk hatte ihr gerade noch gefehlt!

„Sorgen Sie bitte dafür, daß die Scherben hier wegkommen“, wies sie Frau Kleff an. „Fanny soll aber vorsichtig damit umgehen, damit sie sich nicht etwa daran verletzt! — Wo ist sie denn überhaupt?“

„Die ist weg. Ich hab ihr selbst dazu geraten“, verkündete Bertel mit einem giftigen Blick auf Frau Kleff. „Schließlich hat sie es ja nicht nötig, sich etwas in die Schuhe schieben zu lassen, womit sie nichts zu tun hat!“

„Aber Frau Kleff hat doch gesehen ...“ Weiter kam Frau Bruck nicht.

„Frau Kleff! Was die schon gesehen haben will!!“ fauchte Bertel verächtlich, drehte sich um und verließ die Küche.

So hatte Frau Bruck ihre gute Kuller-Bertel noch nie erlebt.

„Kommt, Kinder", befahl sie den beiden Mädchen und ließ die sprachlose Frau Kleff samt dem Scherbenhaufen hinter sich zurück . . .

Aber nun war guter Rat teuer.

„Was machen wir jetzt bloß?" überlegte Frau Bruck und sah fragend auf Bertel, die verbissen im Porzellanzimmer hantierte. „Das gewöhnliche Geschirr zwischen das Jagdporzellan zu stellen geht auf keinen Fall. Es würde die ganze Tafel zerstören . . . Ach, Bertel, denken Sie doch auch mal ein bißchen nach, wie man hier eine Lösung finden kann!"

Diesen drängenden Worten konnte Kuller-Bertel nicht widerstehen. Sie stellte die Obstschale beiseite, trocknete sich mit ihrem Schürzenzipfel die Tränen ab und wandte sich langsam um.

„Tja, was machen wir bloß", wiederholte sie die Frage von Frau Bruck und ließ sich ratlos auf einen Stuhl fallen . . .

Unterdessen hatten sich die Mädchen unbemerkt davongeschlichen. Diane war nämlich ein Gedanke durch den Kopf geschossen, den sie Sabine heimlich zugezischt hatte: die alte Glockenmüllerin! Vielleicht konnte die helfen!

Drunten in der ehemaligen Glockenmühle sollte es „spuken". Längst aber wußten die Mädchen, was es mit diesem angeblichen Spuk auf sich hatte. Es war das Ticken und Schlagen unzähliger Uhren, die alltäglich von ihren Besitzern in Gang gehalten wurden. Sie wußten es von einem heimlichen nächtlichen Besuch, den sie der Glockenmühle abgestattet hatten. Ein Abenteuer, das gewiß schlecht ausgegangen wäre, wenn die alte Glockenmüllerin kein Verständnis dafür gehabt hätte. So aber hatte sie die ganze Familie des Forstmeisters zu sich eingeladen, damit sie sich die Uhrensammlung bei Tageslicht betrachten konnte . . .

„Ich weiß genau, daß sie auch Jagdporzellan in ihrer Vitrine hat!" sagte Diane, als sie am Ende der Diele angelangt waren. „Tom hat es noch so bewundert!"

„Meinst du, wir sollten sie bitten, es uns zu leihen?" fagte Sabine.

„Ja natürlich, was denn sonst? Einer muß uns hinbringen! Ich weiß! Wir bitten den Fahrer des Ministerpräsidenten. Mit dem sollen wir ja sowieso heute abend in die Stadt zurück, da kann er uns gleich kennenlernen!"

Zum Glück fanden sie ihn im Haus des Haumeisters. Sie brauchten ihm nicht viel zu erklären. Ihre verstörten Mienen und Sabines Bemerkung: „Es hat Scherben gegeben!", erregten sein Mitgefühl.

„Steigt ein", sagte er. „Nur müßt ihr mir den Weg weisen!"

Während der Fahrt erklärte Diane der Freundin: „Auf dem Geschirr sind zwar afrikanische Jagdbilder, aber auch in Grün. Und passen wird es auf alle Fälle."

In zügiger Fahrt ging es hinunter zur Glockenmühle . . .

Die gute Glockenmüllerin! Keine langen Fragen, keine Ermahnungen wegen des kostbaren Geschirrs — nur ein Nicken: „Natürlich könnt ihr die Teller haben."

„Sie können sich darauf verlassen, daß wir vorsichtig damit umgehen!" versicherte ihr Diane.

„Das weiß ich, mein Kind", erwiderte die alte Dame. „Aber abgesehen davon: Ich bin nicht dafür, daß man Porzellan wie Museumsstücke hinter Glas aufbewahrt. Geschirr ist dazu da, daß man davon ißt."

So war sie, die Glockenmüllerin, eine großzügige Frau, die keine kleinlichen Bedenken vorschob, wenn es zu helfen galt . . .

„Wie haben wir nur jemals über sie lachen und spotten können?" sagte Diane nachdenklich.

„Es ist wahr. Seit ich sie näher kennengelernt habe, kann ich das auch nicht verstehen", entgegnete Sabine.

„Mutti, wir sind gerettet!" Mit diesen Worten stürmte Diane ins Haus hinein. Sabine trug vorsichtig den Korb hinterher, in den die Glockenmüllerin das Geschirr sorgsam zwischen weichen Tüchern verstaut hatte.

„Seid ihr denn närrisch, Kinder?" fragte Frau Bruck, als sie alles erfuhr. „Wie könnt ihr einem Menschen zumuten, euch einen solchen Wert zu leihen?! Wahrscheinlich hatte die Glockenmüllerin nur nicht das Herz, euch die Bitte abzuschlagen!"

„Porzellan soll man nicht in ein Museum sperren", zitierte Diane. „Es ist dazu da, daß man davon ißt!"

Und Sabine nickte eifrig:

„Ja, genau das hat die Glockenmüllerin zu uns gesagt!"

Lachend gab sich Frau Bruck geschlagen.

„Also dann danke ich euch schön, ihr Mädchen! Und bringt dem Fahrer ein Huhn aus der Gefriertruhe! Das kann er seiner Frau mitnehmen."

Behutsam nahm sie den Stoß Teller auf, um ihn selber ins Porzellanzimmer zu tragen . . .

Die beiden Zurückbleibenden tuschelten einen kurzen Augenblick miteinander, dann folgten sie ihr.

Kuller-Bertel hatte noch immer verdächtig rote Augen. Sie hockte vor dem Gläserschrank, dem sie ein Weinglas nach dem anderen entnahm, um es Frau Bruck zuzureichen.

Diane ging gleich auf ihr Ziel los:

„Wie ist es, Mutti — läßt du Fanny jetzt zurückkommen?" fragte sie.

„Ach bitte, ja! Das müssen Sie unbedingt tun!" drängte Sabine. Ihr entschlossener Ton ließ Frau Bruck einen Augenblick aufhorchen. Aber sie hatte keine Zeit, darüber nachzudenken.

So nickte sie nur:

„Radelt ins Dorf und holt sie zurück!"

In diesem Moment erschien Frau Kleff auf der Bildfläche. Sie hatte eine Frage an Frau Bruck richten wollen, dadurch hatte sie das Gespräch mitbekommen.

„Wenn die wiederkommt, gehe ich", erklärte sie feindselig. „Ich will das dumme Ding hier nicht mehr haben. Wer weiß, was sie sonst noch alles kaputtmacht!"

Diane zögerte und sah die Mutter an. Sollten sie nun fahren oder nicht?

„Warum seid ihr noch nicht weg?" fragte Frau Bruck mit gespieltem Erstaunen.

Das war ihre Antwort auf Frau Kleffs Unverschämtheit.

In der Diele trafen die Mädchen auf Christel und Marion, die aus dem Porzellanzimmer kamen und sich „verkrümeln" wollten, wie Marion sich ausdrückte.

„Es gibt ja auch weiter nichts zu helfen", sagte Christel.

„Außerdem hat die Kleff eine Laune ... Nicht zum Aushalten, kann ich euch sagen! Wenn ich die bloß sehe!" stöhnte Marion.

„Dann können wir ja alle zusammen ins Dorf hinunterfahren!" rief Diane.

„Diesmal allerdings nur mit den Rädern, denn leider steht uns der Wagen des Herrn Ministerpräsidenten nicht mehr zur Verfügung!" ergänzte Sabine lachend.

„Wo wollt ihr denn eigentlich hin?" erkundigte sich Marion.

„Fanny zurückholen. Die Arme soll sich nicht länger die Augen aus dem Kopf heulen!"

Und nun erfuhren die beiden anderen Mädchen, was sich zwischen Frau Kleff und Fanny abgespielt hatte.

„Das kann doch jedem mal passieren, daß er was hinfallen läßt!" entrüstete sich Christel.

„Ja eben!" sagte Marion und schüttelte empört den Kopf.

„Nun ja, das schon. In diesem Fall war es nur wegen des Jagdgeschirrs so besonders ärgerlich. Aber das ist längst kein Grund, Fanny so gemein zu behandeln!" meinte Diane.

„Diese Frau Kleff ist ein richtiges Ungeheuer!" stellte Christel mit Nachdruck fest.

„Sie ist ein noch viel größeres Ungeheuer, als du denkst!" rief Sabine düster. „Darüber wollte ich gerade mit euch sprechen!" Sie allein wußte nämlich, daß sich die Sache nicht so abgespielt haben konnte, wie Frau Kleff sie geschildert hatte . . .

Nach dieser Ankündigung war natürlich nicht mehr die Rede davon, daß Christel und Marion nach Hause mußten.

Kurz darauf saßen die vier Mädchen wie eine Verschwörerbande im Wohnzimmer zusammen. Während sie gemeinsam auf Dianes Luftmatratze hockten, schilderte ihnen Sabine den Vorgang so, wie er sich ihr eingeprägt hatte.

„Paßt mal auf", sagte sie. „Frau Buchmann war gerade ganz unten, also in der Kellerküche. Sie hatte den großen Tafelaufsatz zu Frau Herrmann hinuntergebracht. Demnach kann sie es nicht gewesen sein, die die Teller hingeschmissen hat."

„Natürlich nicht", sagte Christel.

„Wir beide waren nämlich auch mit unten. Wir haben alle das gute Stück bewundert", bestätigte Marion.

„Frau Bruck und Kuller-Bertel waren im Porzellanzimmer", fuhr Sabine fort. „Diane und ich standen neben ihnen und warteten darauf, daß sie uns etwas zum Runtertragen geben wollten. Nicht wahr, Diane?"

„Ja, das stimmt!"

„Also kann keiner von uns vieren die Teller hingeworfen haben. Denn als ich mit den beiden Platten, die Bertel mir in die Hände gedrückt hatte, durch die Diele ging . . ."

„. . . krachte es schon in der Küche!" ergänzte Diane. „Ich hörte es auch, denn ich war dir auf den Fersen."

„Stimmt! Aber nun kommt das Wichtigste, und das hast du nicht gesehen! Fanny kam nämlich gerade aus der Küche, und zwar mit leeren Händen. Als sie es drinnen scheppern hörte, machte sie wieder kehrt und rannte zurück. Folglich hat auch sie die Teller nicht fallen lassen!"

„Hast du das wirklich ganz genau gesehen? Ich meine: daß Fanny wieder zurückgelaufen ist?" Diane war vor Erregung aufgesprungen.

„Ja sicher! Ganz genau! Ich stellte meine beiden Platten auf der Truhe ab und rannte hinterher."

„Dann käme ja nur Frau Kleff selber in Frage . . ."

„Frau Kleff – und keine andere!" sagte Sabine fest.

„Na, so eine Gemeinheit!" rief Diane außer sich. Aber gleich darauf wurde sie wieder unsicher. „Dann verstehe ich bloß nicht, warum Fanny sich nicht verteidigt hat, sondern davongelaufen ist. Versteht ihr das?"

Christel und Marion schüttelten den Kopf.

Doch Sabine hatte eine einleuchtende Erklärung für Fannys Verhalten:

„Na, die war eben so verdutzt über die freche Lüge von Frau Kleff, daß sie keine Worte dafür fand. Mir wäre das genauso gegangen!"

„Na, mir nicht! Ich hätte mich zu wehren gewußt, das kann ich dir sagen!" rief Diane mit blitzenden Augen.

Darüber mußten sie alle lachen. Immerhin war es Sabine gelungen, die Freundinnen von Fannys Unschuld zu überzeugen.

Nun war die Frage, wie Frau Kleff zu entlarven war,

„Öffentlich blamieren müssen wir sie!" rief Diane kampfbereit. Derselben Meinung waren auch Christel und Marion.

Aber Sabine wollte nichts davon wissen.

„Laßt mich allein mit ihr sprechen", bat sie. „Ich glaube bestimmt, daß sie es dann auch Frau Bruck gegenüber zugeben wird."

„Na, du hast aber Mut!" sagte Marion hingerissen.

„Ich muß es einfach. Fanny würde nämlich, wie ich bestimmt glaube, nur mit uns mitkommen, wenn sich ihre Unschuld bereits herausgestellt hat."

Das leuchtete den drei Mädchen ein.

„Und wann willst du mit ihr sprechen?" fragte Diane gespannt.

„Am besten gleich", sagte Sabine. „Vorhin hab ich nur geschwiegen, um nicht alles durcheinanderzubringen bei der vielen Arbeit."

Frau Kleff wirtschaftete in der oberen Küche herum, und eben stiegen Frau Bruck und Kuller-Bertel in die Kellerküche hinunter.

Herzklopfend sahen die drei Mädchen Sabine in der Höhle des Löwen verschwinden.

Sie warteten nicht einmal eine volle Minute, als Sabine wieder herauskam, mit wütend blitzenden Augen, auf der linken Wange den feuerroten Abdruck von Frau Kleffs Hand!

„Geschlagen hat sie mich, diese — diese . . .!" Mehr vermochte Sabine nicht zu sagen.

Das war zuviel für Diane! Mit einem empörten Aufschrei stürzte sie in die Küche hinein . . .

Von dem Lärm in der oberen Küche angelockt, erschienen Frau Bruck und Kuller-Bertel, gefolgt von Frau Buchmann.

„Warum haben Sie meine Freundin geschlagen? Jetzt werden wir Fanny aus dem Dorf holen und Ihnen gegenüberstellen!" rief Diane außer sich.

„Nicht nötig", sagte Kuller-Bertel gelassen, „die hole ich gleich her. Sie war nämlich die ganze Zeit in meinem Zimmer."

Bald nützten Frau Kleff keine Ausflüchte mehr, denn Fannys Angaben deckten sich genau mit denen von Sabine.

„Das habe ich alles schon gewußt, Frau Bruck", sagte Kuller-Bertel würdevoll. „Fanny hat mir's vorhin wahrheitsgetreu erzählt, und daß die nicht lügt, weiß ich. Ich wollte Ihnen nur heute die Aufregung ersparen. Aber nun ist es doch anders gekommen."

Was blieb Frau Kleff anderes übrig, als zu gehen? Denn daß sie sich — wie Diane es verlangte — bei Fanny entschuldigte, ging ihr doch über die Hutschnur!

„Da geht sie hin und singt nicht mehr", sagte Frau Buchmann trocken, als sie davonstakte wie eine ganze geschlagene Armee.

„Ein Glück!" frohlockte Diane.

Kuller-Bertel aber sagte in strahlender Siegerlaune: „Lassen Sie man, Frau Bruck, es geht auch ohne die! Sie sollen mal sehen, was das für eine Festtafel wird!"

## Ein Dichter bei schwerer Kopfarbeit

Der Student Steiger saß in seiner Giebelkammer und las in einem Buch. Er füllte meistens seine Zeit mit Lesen aus, wenn er auf etwas warten mußte. An der Jagd hatte er nicht teilgenommen, doch er hatte seinen besten Anzug an, denn auch er war natürlich zum Jagdessen eingeladen.

Kuller-Bertel wollte ihm Bescheid sagen, wenn es soweit war. Schon jetzt lief ihm das Wasser im Mund zusammen, wenn er an ihre knusprigen Bratengerichte dachte ...

Ah, da klopfte sie ja schon! Hastig legte er das Buch aus der Hand und sprang auf. Zu seiner Überraschung trat der Forstmeister über die Schwelle.

„Herr Steiger, heute muß ich mal Ihre Dichtkunst in Anspruch nehmen", sagte er, mit der Tür ins Haus fallend. „Haben Sie einen Augenblick Zeit für mich?"

„Aber bitte gern!" sagte Herr Steiger höflich und wies auf den Sessel, von dem er soeben aufgestanden war. Er selber nahm auf einem Stuhl neben jenem Unglückstisch Platz, den der Haumeister inzwischen repariert hatte.

„Es geht, kurz gesagt, um folgendes", erklärte der Forstmeister, die Hände auf die Knie gelegt. „Prinz Kuckuck hat heute einen meiner Jagdgäste schlafend im Revier vorgefunden. In einem Boot im Schilf — und das während der Entenjagd! Verstehen Sie?"

„Ich verstehe", sagte Herr Steiger.

„Schlafen während der Jagd gilt aber nach den Jagdregeln als ein Vergehen, das vor dem Jagdgericht reumütig bekannt und bestraft werden muß", fuhr der Forstmeister fort. „Ein solches Jagdgericht findet noch heute bei mir statt und setzt sich aus allen Jagdteilnehmern zusammen. Das Ganze ist in diesem Fall natürlich nur ein Scherz, eine Art von Jägerulk, wenn auch mit einem ernsthaften Hintergrund."

„Aha", sagte Herr Steiger.

„Aber das ist noch nicht alles. Prinz Kuckuck hat den Sünder nämlich nicht geweckt. Dafür hat er etwas anderes getan: Er hat ihm das Gewehr weggenommen. – Sich das Gewehr wegnehmen zu lassen oder es auf eine andere Weise einzubüßen, gilt wiederum als ein strafwürdiges Verbrechen, und zwar als ein ganz gewaltiges. Verstehen Sie?"

„Ich verstehe", sagte Herr Steiger nun zum zweitenmal.

„Ich wiederhole also: Jeder Jagdteilnehmer, der etwas falsch gemacht hat, muß seinen Fehler selber bekennen, bevor das Gericht die Strafe bestimmt. Nun haben Prinz Kuckuck und ich den Eindruck, daß der betreffende Herr die ganze Sache verheimlichen will. Er weiß ja nicht, daß ihn jemand beim Schlafen beobachtet hat."

„Aber das fehlende Gewehr?" gab Herr Steiger zu bedenken.

„Da scheint er zu hoffen, ein Treiber habe es an sich genommen, der ihn zwar nicht wecken wollte, aber einen Unglücksfall verhüten wollte. Sonst hätte er, als er das Gewehr vermißte, doch sofort Alarm geschlagen. – Leuchtet Ihnen das ein?"

„Nicht ganz", mußte Herr Steiger zugeben. „Wenn so ein Treiber das Gewehr hier abgibt, kommt die Sache ja doch heraus."

„I wo." Der Forstmeister lachte. „Der kennt den Herrn wahrscheinlich und gibt ihm das Ding heimlich wieder!"

„Ach so!" sagte Herr Steiger.

„Ja, und nun zur Sache“, fuhr der Forstmeister fort. „Für den genannten Fall hätte ich gern ein paar Verse von Ihnen — Verse, die man nach einer bekannten Melodie absingen kann und die alles das enthalten, was ich Ihnen geschildert habe. — Trauen Sie sich das zu?“

„Wann müßte ich denn damit fertig sein?“ fragte Herr Steiger vorsichtig.

„Na, möglichst bald. Am besten wäre es, Sie brächten die Verse mit, wenn Sie zum Essen herunterkommen.“

Herr Steiger sah auf seine Uhr.

„Finden Sie nicht, daß die Zeit ein bißchen knapp ist?“ fragte er.

„Wie lange braucht man denn für so was?“ erkundigte sich der Forstmeister etwas unsicher. „Sie müssen verstehen, ich habe vom Dichten keine Ahnung.“

„Es hat schon Dichter gegeben, die Monate, ja Jahre dazu gebraucht haben, ein Gedicht so zu formen, daß sie damit zufrieden waren“, klärte ihn Herr Steiger auf. „Aber hier handelt es sich ja nur um eine Reimerei. Auf jeden Fall will ich versuchen, es bis dahin zu schaffen.“

„Das wäre wirklich nett von Ihnen“, sagte der Forstmeister befriedigt. „Und wie gesagt: Das Ganze ist nur ein Scherz. Bitte vergessen Sie das nicht.“

„Ich habe verstanden: Ein kleines Spottlied, nach einer bekannten Melodie ...“

„Ja, nehmen Sie am besten ‚Fuchs, du hast die Gans gestohlen ...‘, das kennt jeder. Natürlich so kurz wie möglich, nicht etwa zehn oder zwölf Strophen!“

„Und was versprechen Sie sich davon, wenn ich fragen darf?“ erkundigte sich Herr Steiger.

„Nun, wir hoffen, daß unser Mann dadurch veranlaßt wird, Farbe zu bekennen“, erwiderte der Forstmeister.

„Und wenn es doch nichts hilft?“

„Dann müßte Prinz Kuckuck auspacken. Er hat ja das Gewehr, das als Beweis genügt. Aber das wäre eine ziemliche Blamage für den Betreffenden." Der Forstmeister erhob sich.

„Noch eine Frage, bitte", sagte Herr Steiger. „Von wem soll denn das Lied gesungen werden?"

„Von sämtlichen Jagdteilnehmern selbstverständlich."

„Und um wie viele Herren handelt es sich dabei, ich meine: wie viele Durchschläge brauchen Sie zum Einsehen des Textes?"

„Ach so ... Ja, warten Sie mal ...", überlegte der Forstmeister. „Na, sagen wir: im ganzen acht. Das läßt sich doch mit Hilfe Ihrer Schreibmaschine machen, was?"

Damit verließ er das Zimmer ...

Herr Steiger aber setzte sich an seinen Tisch, öffnete die Schreibmaschine und starrte vor sich hin. Dann spannte er den ersten Bogen ein. Nach seiner Berechnung blieben ihm zwanzig Minuten Zeit für sein Unternehmen ...

Es mochten keine fünf Minuten vergangen sein — Herr Steiger hatte gerade sein Tippen unterbrochen, um weiter nachzudenken —, als es schon wieder klopfte, diesmal allerdings zaghaft. Außerdem glaubte der Student, hinter der Tür ein unterdrücktes Kichern zu vernehmen. Das konnte unmöglich Kuller-Bertel sein ... Ahnungsvoll öffnete Herr Steiger die Tür. Genau das hatte er erwartet: Vor ihm standen, errötend und kichernd, die beiden Mädchen.

„Was ist denn los, was wollt ihr denn?" fragte Herr Steiger nicht gerade übertrieben freundlich.

Augenblicklich verstummte das Kichern.

„Wir wollten mal fragen ...", druckste Diane.

„Ja, wir wollten gern mal wissen ...", stotterte Sabine.

Dann faßte sich Diane ein Herz:

„Ach bitte, könnten Sie uns nicht mal einen Augenblick reinlassen?"

„Da habt ihr euch ja den passendsten Augenblick ausgesucht", stöhnte der Student und ließ die Mädchen eintreten. „Aber so dringend wird es ja wohl nicht sein, daß ihr nicht warten könnt, bis ich fertig bin." Und er deutete auf seine Schreibmaschine. Dabei kam ihm ein Gedanke. „Hat dich dein Vater etwa ausgeschickt, damit du etwas von mir abholen sollst?" fragte er Diane.

„Nein, nein", versicherte sie ihm hastig. „Der weiß ja gar nicht, daß wir hier sind!"

„Na, dann ist es ja gut", knurrte Herr Steiger. „Nun setzt euch mal beide da in den Sessel und versucht, eine Weile den Mund zu halten. Mehr verlange ich nicht von euch."

Während sich die Mädchen nebeneinander in den Sessel quetschten, nahm der Student von neuem seinen Platz vor der Schreibmaschine ein. Gleich darauf begannen die Tasten unter seinen Händen zu klappern.

Als er die erste Pause machte, hatte Diane ihre Keckheit wiedergefunden.

„Wir möchten nur wissen, was mein Vater von Ihnen gewollt hat", sagte sie erklärend. „Ich mußte nämlich einen angeschlagenen Pflanzenkübel auf den Boden bringen. Dabei hab ich Vati hier reingehen sehn und gehört, daß er was von Ihren Dichtkünsten gesagt hat."

„Und daß er die benutzen will", fügte Sabine hinzu.

„Mit diesen Dichtkünsten beschäftige ich mich gerade", sagte Herr Steiger wütend, „und wenn ihr mich dauernd dabei unterbrechen wollt, bringe ich noch mehr Mist zustande! — Haltet jetzt also den Mund, sonst fliegt ihr raus!"

Ratsch!! Herr Steiger riß den eingespannten Bogen aus der Maschine und warf ihn in den Papierkorb.

Die Mädchen sahen sich bedeutungsvoll an: Da hatte ihm etwas nicht gefallen! Dennoch wären sie am liebsten aufgesprungen, um sich das zerknüllte Papier herauszufischen, um es auseinanderzufalten und zu glätten ...

Allmählich schien sich Herrn Steigers Laune zu bessern. Ab und zu summte er eine Melodie vor sich hin ...

Verstohlen sahen sich die Mädchen an und kicherten in sich hinein.

Es war aber auch zu komisch, einen ausgewachsenen Mann ausgerechnet ein Kinderlied, und noch dazu „Fuchs, du hast die Gans gestohlen", summen zu hören.

Doch plötzlich kam Sabine die Erleuchtung: Nach dieser Melodie machte Herr Steiger einen Text!

Gerade in diesem Augenblick hörte er mit dem Tippen auf, zog das Blatt aus der Maschine und las es aufmerksam durch.

„So", sagte er dann, „schön ist es nicht gerade, aber es ist wenigstens fertig! In der kurzen Zeit kann kein Mensch mehr von einem verlangen. — Jetzt noch das Ganze mit acht Durchschlägen!"

Als er alles geschafft hatte, war er ganz und gar wieder der alte, also höflich und freundschaftlich wie eh und je.

„So, nun bin ich soweit", sagte er.

In kurzen Worten erzählte er den Mädchen die Vorgeschichte und erklärte ihnen, welche Wirkung sich der Forstmeister von den Versen erhoffte.

„Den Schläfer haben wir selber entdeckt!" rief Diane eifrig.

„Ja, und das mit dem Gewehr wissen wir auch", fügte Sabine ebenso eifrig hinzu. „Wir waren ja dabei, als Prinz Kuckuck es ihm weggenommen hat!"

„Das mit den Versen finde ich einfach toll!“ jubelte Diane. „Können wir sie mal lesen?“
„Ich lese sie euch vor“, sagte Herr Steiger.

„Ging ein Mann zum Entenjagen,
schloß die Augen zu —
schlief sodann mit Wohlbehagen
ein in süßer Ruh.
Als er endlich ausgedämmert,
packte ihn der Schreck —
denn er merkte, ganz belämmert,
sein Gewehr war weg!
Jäger, sag, wo blieb die Flinte?
Sprich, noch ist es Zeit,
Schwärzer noch wird deine Tinte,
wenn der Kuckuck schreit!“

Als Herr Steiger geendet hatte, blickte er fragend auf.

„Einfach Klasse!" rief Diane begeistert.

Aber damit gab sich Herr Steiger noch nicht zufrieden. Seine Augen glitten zu Sabine hinüber.

„Na und du? Wie findest du es?" fragte er.

Sabine zögerte.

„Die Verse schon", sagte sie dann. „Nur . . ."

Weiter kam sie nicht, denn im gleichen Augenblick klopfte es kräftig an die Tür. Diesmal war es wirklich Kuller-Bertel, deren Stimme verkündete:

„Herr Steiger, es ist soweit. In fünf Minuten wird das Essen angerichtet!"

„Vielen Dank, Bertel!" rief der junge Mann zurück, während die Mädchen, die hinter den Schrank geflüchtet waren, sich mucksmäuschenstill verhielten.

Als sie sich wieder sicher fühlten, kamen sie hervor, und nun kicherten sie alle miteinander.

Dann übernahm Diane mit gewohnter Pfiffigkeit die Regie:

„Bitte, Herr Steiger, lassen Sie uns vorausgehen, damit es nicht so auffällt. Außerdem dürfen wir diesmal nicht wieder die letzten sein!"

Dem war das recht. Er wollte sich sowieso noch einmal die Hände waschen, die durch das Hantieren mit dem Kohlepapier nicht mehr einwandfrei zu nennen waren.

Niemand bemerkte die Mädchen, als sie die Treppe hinunterschlichen. Unten in der Diele setzte Ulrich gerade den Gong in Bewegung —, bedeutend gemäßigter als am vergangenen Tag wo er für seinen Lärm nachträglich einen Rüffel von seinem Vater bekommen hatte.

Deng! — Deng! — Deng! hallte es durch das Haus.

Als er die Mädchen neben sich auftauchen sah, ließ er überrascht den Klöppel sinken.

„Sagt mal, wo wart ihr denn die ganze Zeit? Ich habe euch überall gesucht!"

„Wir? — Wir waren unterm Dach!" antwortete Diane schlagfertig.

Und schon lief sie mit Sabine dem Speisesaal zu, begleitet von den wiedereinsetzenden Gongschlägen ...

## Jagdessen und Strafgericht

Einen so festlichen Tisch wie die große Jagdtafel auf Eichenforst hatte Sabine noch nie gesehen. Verzaubert blickte sie auf die kostbaren Gedecke, die im Glanz von vielen Kerzen schimmerten. Die silbernen Leuchter blinkten, und die alten, geschliffenen Gläser schimmerten. Wäre alles winziger gewesen, so hätte es aus dem Reiche Schneewittchens und ihrer sieben Zwerge sein können.

„Träum nicht." Diane lachte. Sie gab der Freundin einen zärtlichen Schubs. „Jetzt mußt du deine fünf oder sechs Sinne beisammen haben. Du sitzt nämlich zwischen Tom und Ulrich!"

„Mit denen werd ich fertig!" sagte Sabine. „Wenn's darauf ankommt, sind solche armen Burschen viel verlegener als so'n scheues Reh wie ich!"

„Na, nun gib aber nicht an!" empörte sich Diane.

Schlagfertig meinte Sabine:

„Wer wird in der Schule angeben? Wer? Hm, hm! Wer sitzt denn als Tischdame neben Prinz Kuckuck und Herrn Steiger? Ha, jetzt wirst du ganz rot!"

„Das macht nur die Beleuchtung", behauptete Diane.

Aber nun wurde es doch ernst und feierlich. Die Herren Jäger kamen aus den Gastzimmern, wo sie sich schick gemacht hatten —, oder, soweit sie im Ort ansässig waren, aus ihren Privathäusern herauf.

In ihrer alten, geschlossenen Kutsche, von der sie auch im Zeitalter des Autos nicht lassen wollte, fuhr die Glockenmüllerin vor. Und wenn der Herr Ministerpräsident der männliche Ehrengast war, so war die Glockenmüllerin der weibliche. Ohne Zweifel: Man hätte es nicht zu wissen brauchen, die stille Würde dieser unvergleichlich liebenswerten Frau sprach für sich.

Sabine lernte gleich eine Lektion „gesellschaftlicher Gepflogenheiten", wie sich Diane geschraubt ausdrückte. Natürlich stammten diese Wortungetüme nicht von ihr, sie hatte sie nur aufgeschnappt.

„Ich meine das, was man bei uns in der Schule ‚Benimm' nennt", flüsterte sie.

Hier verstand man natürlich etwas ganz anderes darunter. Zum Beispiel hatte Sabine gemeint, Ehrengäste müßten nebeneinander sitzen, also der Ministerpräsident neben der Glockenmüllerin.

„Bei solchen Festessen unmöglich!" sagte Diane. „Der höchste Ehrengast kommt immer neben die Hausfrau, also neben Mutter — ihr Tischherr ist also der Ministerpräsident. Und der zweite Ehrengast, überhaupt der älteste weibliche Gast, in diesem Fall die Glockenmüllerin, sitzt natürlich neben dem Hausherrn.

„Und wenn der Ministerpräsident kein Junggeselle wäre, sondern seine Frau mitgebracht hätte?" fragte Sabine listig.

„Ganz einfach! Dann hätte sie neben Vater sitzen müssen!" erklärte Diane. „Und die Glockenmüllerin hätte man neben den Onkel Professor gesetzt."

„Schwierig, schwierig", seufzte Sabine. „Nur gut, daß es nicht alle Tage so feierlich zugeht."

„Das sagt Vater auch immer", sagte Diane lachend.

Sabine hatte schon wieder einen Grund gefunden, mitfühlend zu sein: Der Professor hatte keine Tischdame, der Herr Landrat auch nicht, dafür saß der eine zur Rechten der Glockenmüllerin, der andere neben Frau Bruck, sozusagen „im Schatten" der Ehrengäste. Und der arme Amtsrichter, der recht belämmert dreinschaute (er wußte noch immer nicht, wo seine Jagdflinte geblieben war), der Amtsrichter und die übrigen Herren hatten überhaupt keine Dame.

„Bedenke, es ist ein Jagdessen!" wisperte Diane. „Oft sitzen die Herren völlig unter sich. Es ist schon eine Ausnahme, daß wir geduldet werden!"

„Geduldet?" Sabine schüttelte den Kopf. „Das klingt ja noch schöner!"

„Ist aber die reine Wahrheit", mischte sich Prinz Kuckuck ein, der die letzten Worte gehört hatte. „Schau mal auf die Tafel! Auch Blumen werden bei Jagdessen nicht geduldet, und wären es die schönsten Rosen! Nur Eichenlaub und Tannengrün sind erlaubt! Tja, Sabine, so streng sind die Sitten!"

Man begab sich zu Tisch, und wenn die Sitten auch streng waren, wie Prinz Kuckuck sich ausgedrückt hatte, so waren die Herren doch keineswegs ernst. Im Gegenteil, sie sprühten vor Lustigkeit. Vielleicht lag das aber auch an Kuller-Bertels hervorragendem Braten . . .

Tom und Ulrich überboten sich darin, Sabine die besten und leckersten Sachen zuzureichen. Und Diane wurde von Prinz Kuckuck und Herrn Steiger verwöhnt. Bevor das Eis gereicht wurde, erhob sich der Professor.

„Mir obliegt es", sagte er, „die Tischrede zu halten. Sie kommt ein wenig verspätet, aber die Runde — wenn ich die lange Tafel einmal so nennen darf — ist noch nicht vollzählig. Der Arzt fehlt noch, unser guter Doktor. Da er einen guten Happen zu schätzen weiß und nicht telefoniert hat, er sei durch dringende Fälle verhindert, ist mir seine Verspätung unerfindlich."

„Mir nicht", unterbrach der Landrat trocken. „Zu uns kommt er auch immer zu spät, selbst wenn nichts vorliegt. Beim Umziehen setzt er nämlich immer die Brille ab, dann dauert's eine halbe Stunde, bevor er sie wiederfindet. Ich wette, es ist heute genauso."

Der Professor schmunzelte. „Ich darf wohl sagen", fuhr er fort, „daß ich gerade für solche kleinen Schwächen Verständnis habe. Mir tut es nur leid, daß unser lieber Doktor das gute Essen dann kalt genießen muß."

Wieder unterbrach ihn der Landrat lachend:

„Das macht ihm nichts. Einmal hatten wir schon abgeräumt. Da kam der Doktor. Was tat er? Ging schnurstracks in die Küche, setzte sich da auf einen Stuhl und ließ sich Töpfe und Pfannen reichen."

Die Herren lachten schallend.

Während der Professor einige geschichtliche Jagden erwähnte, mit denen er als Nichtjäger besser vertraut war als die Jäger um ihn herum, beobachtete Diane den Amtsrichter.

„Sagen Sie, Prinz Kuckuck", flüsterte sie. „Hat er sein Gewehr wieder?"

„Nein!" Der junge Mann grinste. „Sieh doch nur sein Gesicht! Ha, paß auf, das gibt nachher eine Hatz, wenn die Abrechnung kommt!"

Diane wandte sich an Herrn Steiger. „Und Sie machen da auch mit! Ja, gucken Sie nicht so unschuldig! Sie hätten ein Gedicht auf mich machen sollen, statt sich den Kopf über unnützes Zeug zu zerbrechen." Schnell fügte sie hinzu: „Ich meine natürlich, Sie hätten über Sabine schreiben können. Ich leg keinen sehr großen Wert darauf."

„Soso." Prinz Kuckuck grinste. „Diane ist nicht romantisch, o nein! Sie würde nie ein Gedicht von Herrn Steiger annehmen! Hi, hi!"

Während ihrer Frotzelei stürmte der Doktor herein. „'tschuldigung, meine Herrschaften", keuchte er. „Guten Abend, Frau Bruck, guten Abend, Herr Ministerpräsident, guten Abend allerseits ... Vielleicht hätte ich doch noch ein Stündchen zur Jagd kommen können, aber zum Schießen brauche ich eine besondere Brille, und die war partout nicht zu finden."

„Aber Ihren Teller finden Sie auch ohne Brille", sagte der Landrat lachend. „Wir wissen ja: Das ‚Schüsseltreiben' durch das Eßgeschirr ist Ihnen lieber als die Jagd im Forst!" Und er stimmte zusammen mit dem Forstrat, dem Bürgermeister und dem Bachbauern ein Lied an:

„Aus der Pfanne, auf dem Teller
schmeckt das Wild so fein,
da erlegte ich es schneller
als im grünen Hain ..."

Der Doktor ließ sich jedoch nicht beirren, er drohte dem Landrat scherzhaft und widmete sich dann mit großem Eifer von Kuller-Bertel eigens für ihn aufgewärmten Portion ...

Schließlich war es für die Mädchen an der Zeit, zu packen. Sie liefen ins Bügelzimmer, während die Herren sich noch einer Platte herrlichen Kräuterkäses widmeten.

„Ehe die ihre Zigarren angesteckt haben und der Mokka serviert ist, sind wir wieder unten", sagte Diane. „Rasch. Wir müssen lauschen, was sie bei ihrem komischen Strafgericht mit dem armen Teufel machen, dem Prinz Kuckuck die Flinte weggenommen hat."

„Willst du ihm helfen, falls sie es zu schlimm treiben?"

„Klar – und ich hab auch schon einen Plan. Aber du mußt mitmachen, das mußt du mir versprechen. Paß auf . . ."

Und sie tuschelten eifrig miteinander.

Als die Mädchen vor dem Herrenzimmer anlangten, war das Jagdgericht schon in vollem Gange. Da die Damen nicht daran teilnahmen, fühlten sich die Jäger ungestört und lachten wie die Kinder. Man hörte sehr viel Unsinn durch die geschlossene Tür. Zum Beispiel hatte der Ministerpräsident auf der Jagd versehentlich ein ganz gewöhnliches, verirrtes Haushuhn geschossen. Man verurteilte ihn dazu, einmal laut „Kikeriki" zu rufen.

„Das müßten die Leute hören", sagte Sabine. „Ein Ministerpräsident, der ‚Kikeriki' schreit!"

„Ein Ministerpräsident ist auch nur ein Mensch", ertönte die Stimme der Glockenmüllerin hinter den Mädchen. Die Glockenmüllerin kam mit der Mutter aus dem Damenzimmer. Kuller-Bertel half ihr in den Mantel, und die alte Dame sagte: „Besser ein lustiger Ministerpräsident als einer, der keinen Spaß versteht. Leute, die keinen Spaß verstehen, sind schlechte Politiker. So, nun auf Wiedersehen, und zu Weihnachten besucht ihr mich, abgemacht?"

„Klar!" riefen Diane und Sabine wie aus einem Mund. Beide strahlten vor Freude. Die Glockenmüllerin ließ durch ihre Worte überhaupt keine Abschiedsstimmung aufkommen.

Als sie gegangen war, wurde es Ernst. Diane und Sabine hörten, wie die Herren das Spottlied auf den Amtsrichter grölten, danach entstand ein offenbar höchst peinliches Schweigen.

„Still, was sagt er?“ Diane preßte ihr Ohr an die Tür.

„Jetzt muß er gestehen!“ meinte Sabine. „Und nun wird er zu irgendeinem Blödsinn verurteilt. Wahrscheinlich zu zweimal ‚Kikeriki‘ oder dreimal ‚Gack-gack-gack‘.“

„Schlimmer“, murmelte Diane.

Laut und deutlich hörten sie die Stimme des Forstmeisters:

„Tja, Herr Richter. Peinliche Sache! Wer soll Sie verurteilen? Sie müssen sich selber anklagen und sich zu einer Strafe verdonnern, die Sie sich selber ausdenken!“

Gelächter verkündete, daß man den Plan offenbar großartig fand. Der Bachbauer wieherte geradezu.

Nun vernahmen die Mädchen die klägliche Stimme des Herrn Amtsrichters:

„Ich bekenne mich schuldig! Ich habe mir eine geladene Vogelflinte stehlen lassen, ich habe geschlafen, während doch gerade der Jäger die Augen offenhalten soll. Reumütig verurteile ich mich dazu – eh – dazu ...“ Jetzt steckte er offenbar in der Klemme. Der Ärmste wußte nicht, welchen Ulk er sich selber zusprechen sollte. Etwa Handstand machen oder unter dem Tisch hindurchkriechen – zum brüllenden Vergnügen des Bürgermeisters und des Bachbauern?

„Nun los, los, los!“ rief der Landrat. „Das Urteil!“

Im nächsten Augenblick flog die Tür auf, Diane und Sabine kamen schwungvoll hereingestürmt. Sie stellten sich neben den verdatterten Richter, der vor Verlegenheit hochrot geworden war.

„Wir kommen als Rechtsanwälte“, sagte Diane mit ihrer lieblichsten Stimme. „Wir verteidigen den Herrn Amtsrichter!“

„Im Namen aller Wildenten, die durch seine Müdigkeit am Leben geblieben sind“, fügte Sabine mit ebenso lieblicher Stimme hinzu. Und wie aus einem Munde sagten beide:

„Wir beantragen Freispruch!“

Der erste, der die Sprache wiederfand, war der Landrat. „Ja, der Donner!“ rief er. „Was ist denn das für ein Überfall? Was haben die Küken hier beim Jagdgericht zu suchen?“

„Fragen Sie lieber“, sagte der Professor lächelnd, „fragen Sie lieber, was die Mädchen wollen! Höchst interessant: Sie verteidigen den Angeklagten!“

„Und nicht schlecht!“ Der Ministerpräsident lachte. „Mein lieber Forstmeister, ja, und Sie, Herr Forstrat, in Ihren Wäldern wachsen scharfsinnige Rehe heran ...“ Hiermit meinte er Diane und Sabine. „Im Namen der am Leben gebliebenen Wildenten beantragt ihr Freispruch für den Angeklagten? Famos, famos! Ich schließe mich an! Herr Amtsrichter, was sagen Sie?“

„Von der Seite hatte ich die Sache allerdings noch nicht betrachtet!“ Der Richter mußte nun auch herzlich lachen. „Na, dann darf ich mich freisprechen!“

Die Herren klatschten Beifall, und die Mädchen warfen besonders Prinz Kuckuck und Herrn Steiger triumphierende Blicke zu. Der Forstmeister war sehr stolz auf seine Tochter, als der Ministerpräsident liebenswürdig hinzufügte:

„Es wird mir eine Ehre sein, zwei so patente junge Damen im Wagen mitzunehmen.“

Nun, einen schöneren und sieghafteren Abschluß dieser herrlichen Tage hätte es nicht geben können. Zwei Mädchen mit Herz und Schneid hatten rauhe Waidmänner ins Bockshorn gejagt. Und ihre weibliche List war sogar noch gerühmt worden ...

# Was heißt Jagd auf englisch?

Mittwoch fing die Schule wieder an.

Ein bißchen müde kamen die Freundinnen in die Klasse. Sie hatten Sabines Mutter am Abend noch genau von allen Ereignissen berichtet. Diane hatte ihren Königinnenkranz und die breite Schärpe über ihr Bett gehängt.

Immer wieder mahnte Sabines Mutter:

„Jetzt muß endlich Schluß sein mit dem Erzählen. Morgen könnt ihr weiterreden."

Die Freundinnen fanden kein Ende. So war ihnen an diesem Morgen das Aufstehen recht schwer gefallen. Richtig verkatert hatten sie am Kaffeetisch gesessen und

waren dann mißmutig mit den Schulmappen losgezogen . . .

Über der Klassentür hing eine dicke Girlande.

„Was ist los?" fragte Diane. „Hat Krümelchen Geburtstag?"

Krümelchen hieß eigentlich Frau Dr. Kruhme und war ihre Klassenlehrerin.

„Soviel ich weiß, erst im Februar", antwortete Sabine, die ja länger in der Schule war als Diane.

Die ganze Klasse war schon da. Fritzi Sommer, die Klassensprecherin, schoß mit einem dicken Strauß aus Dahlien und Sonnenblumen heran.

„Dreimal hoch die Schützenkönigin!"

„Hoch, hoch, hoch!" riefen die anderen und drängten sich um Diane.

Das war doch allerhand! Woher wußten sie die Geschichte schon?

„Woher?" rief Fritzi lachend. „Na, hör mal, von der Abendschau natürlich! Wir haben dich alle gleich erkannt und fanden dich großartig. Stimmt's, Kinder?"

Ein einziges Ja-Geschrei war die Antwort der Klasse.

Diane sank auf die Bank zurück und starrte Sabine an.

Die Abendschau im Fernsehen . . . die hatten sie über all dem Jagdtrubel auf Eichenforst versäumt . . .!

Da kam Krümelchen zur Tür herein. Niemand hatte das Läuten gehört. Noch einmal mußten Sabine und Diane kurz berichten, dann meinte die Lehrerin:

„Schluß jetzt! Wir wollen etwas lernen. Diane, fang an! Wie heißt Jagd auf englisch?"

„Hunting!" erwiderte Diane prompt. Na, wer sollte das besser wissen als sie — die „Jagdgöttin von Eichenforst"?!

Weihnachten auf Eichenforst! Sabine ist begeistert, denn so schön hat sie es sich nicht einmal vorstellen können: mit Schlittenfahrten, Tierfütterung und einer Überraschung am Neujahrsmorgen! Und Diane und deren Familie haben sich eine ganz besondere Überraschung einfallen lassen — ein Weihnachtsgeschenk auf „Umwegen"!

Von den erlebnisreichen Weihnachtsferien der beiden Mädchen erzählt ein weiteres Diane-Buch:

**Diane und ihre Freundin**